Roald Dahl

Y Gwrachod

Darluniau gan Quentin Blake
Cyfieithiad gan Elin Meek

RILY

Cewch ddysgu mwy am Roald Dahl
wrth ymweld â'r wefan:

www.roalddahl.com

I Liccy

Y Gwrachod
ISBN 978-1-84967-248-1

Hawlfraint y testun: © Roald Dahl Nominee Ltd, 1983
Hawlfraint y darluniau: © Quentin Blake, 1983

Cyfieithiad gan Elin Meek
Hawlfraint y cyfieithiad © Rily Publications Ltd 2008

Cyhoeddwyd yn wreiddiol yn Saesneg fel *The Witches*
The Witches © Roald Dahl Nominee Ltd, 1983

Cysodwyd mewn 12/15pt Baskerville
gan Wasg Dinefwr, Llandybïe, Sir Gaerfyrddin

Cyhoeddwyd gan Rily Publications Ltd
Blwch SB 20
Hengoed, CF82 7YR
www.rily.co.uk

Argraffwyd a rhwymwyd ym Mhrydain
gan CPI Group (UK) Ltd, Croydon, CR0 4YY

Cynnwys

Ychydig Eiriau am Wrachod

Mewn storïau tylwyth teg, bydd gwrachod bob amser yn gwisgo hetiau du gwirion a chlogynnau du, ac maen nhw'n mynd o gwmpas ar gefn coesau ysgub.

Ond nid stori dylwyth teg yw hon. Stori am WRACHOD GO IAWN yw hon.

Y peth pwysicaf y dylet ti ei wybod am WRACHOD GO IAWN yw hyn. Gwrandawa'n astud iawn. Paid byth ag anghofio'r geiriau sy'n dod nesaf.

Mae GWRACHOD GO IAWN yn gwisgo dillad cyffredin ac maen nhw'n edrych yn debyg iawn i fenywod cyffredin. Maen nhw'n byw mewn tai cyffredin ac maen nhw'n gweithio mewn SWYDDI CYFFREDIN.

Dyna pam mae hi mor anodd eu dal nhw.

Mae GWRACH GO IAWN yn casáu plant â chas eirias chwilboeth sy'n fwy eirias a chwilboeth nag unrhyw gasineb y gelli di ei ddychmygu.

Mae GWRACH GO IAWN yn treulio ei hamser yn cynllwynio i gael gwared ar y plant yn ei thiriogaeth arbennig hi. Mae hi'n awchu am gael gwared arnyn nhw, fesul un. Dyna'r cyfan mae hi'n meddwl amdano drwy'r dydd gwyn. Hyd yn oed os yw hi'n gweithio fel ariannydd mewn archfarchnad neu'n teipio llythyrau i ddyn busnes neu'n gyrru o gwmpas mewn car ffansi (a gallai fod yn gwneud unrhyw un o'r pethau hyn), bydd hi wastad yn cynllwynio a chynllunio a chorddi a llosgi a chwyrlio a ffrwtian wrth feddwl am lofruddio ac awchu am waed.

'Pa blentyn,' medd hi wrthi ei hunan drwy'r dydd gwyn, 'pa blentyn yn union a ddewisaf i'w gywasgu nesaf?'

Mae GWRACH GO IAWN yn cael yr un pleser o gywasgu plentyn ag yr wyt *ti*'n ei gael wrth fwyta llond plât o fefus a hufen trwchus.

Mae hi'n ceisio cael gwared ar un plentyn yr wythnos. Unrhyw beth llai na hynny ac mae hi'n dechrau diflasu.

Un plentyn yr wythnos, pum deg dau y flwyddyn.
Fe'u gwasgaf a'u llethu a'u mogi bob bribsyn.

Dyna arwyddair pob gwrach.

Mae'r dioddefwr yn cael ei ddewis yn ofalus iawn.
Yna mae'r wrach yn dilyn y plentyn druan fel heliwr yn
dilyn aderyn bach yn y goedwig. Mae hi'n mynd ar
flaenau ei thraed. Mae hi'n symud heb na siw na miw.
Mae hi'n mynd yn nes ac yn nes. Yna, yn y diwedd,
pan fydd popeth yn barod . . . *ffwisst!* . . . a dyma hi'n
disgyn! Mae gwreichion yn tasgu. Mae fflamau'n llamu.
Mae olew yn berwi. Mae llygod mawr yn udo. Mae croen
yn sychu'n grimp. Ac mae'r plentyn yn diflannu.

Fydd gwrach, rhaid iti ddeall, ddim yn taro plentyn
ar ei ben neu'n rhoi cyllell ynddo neu'n ei saethu â
phistol. Mae'r heddlu'n dal pobl sy'n gwneud pethau
fel hyn.

Fydd gwrach byth yn cael ei dal. Paid anghofio bod
hud a lledrith yn ei bysedd a diawlineb yn dawnsio
yn ei gwaed. Mae hi'n gallu gwneud i gerrig neidio o
gwmpas fel brogaod ac mae hi'n gallu gwneud i dafodau
o dân fflachio dros wyneb y dŵr.

Mae'r galluoedd hudol hyn yn frawychus iawn.

Drwy lwc, does dim llawer iawn o WRACHOD GO IAWN
yn y byd heddiw. Ond mae digon ohonynt o hyd i
godi ychydig o ofn arnat ti. Yn Lloegr, rhaid bod tua
chant ohonynt i gyd. Mae mwy mewn rhai gwledydd,
ac ychydig llai mewn gwledydd eraill. Does dim un
wlad yn y byd sy'n gyfan gwbl heb WRACHOD.

Menyw yw gwrach bob amser.

Dw i ddim eisiau lladd ar fenywod. Mae'r rhan fwyaf
o fenywod yn hyfryd. Ond mae'n ddigon gwir mai
menyw *yw* pob gwrach. Does dim o'r fath beth â gwrach
sy'n ddyn.

3

Ond, ar y llaw arall, dyn yw pob ellyll. A phob edwyd. Mae'r ddau'n beryglus. Ond dyw'r naill na'r llall ddim hanner mor beryglus â GWRACH GO IAWN.

I blant, GWRACH GO IAWN yw'r mwyaf peryglus o bell ffordd o'r holl greaduriaid byw ar y ddaear. Yr hyn sy'n ei gwneud hi ddwywaith mor beryglus yw nad yw hi'n *edrych* yn beryglus. Hyd yn oed pan wyt ti'n gwybod y cyfrinachau i gyd (fe gei di glywed am y rhain yn y funud), dwyt ti byth yn gallu bod yn hollol siŵr a wyt ti'n edrych ar wrach neu ar fenyw garedig. Petai teigr yn gallu gwneud i'w hunan edrych fel ci mawr â chynffon sy'n siglo, mae'n ddigon tebyg y byddet ti'n mynd ato ac yn rhoi anwes iddo. A dyna ddiwedd arnat ti. Mae'r un peth yn wir am wrachod. Mae pob un yn edrych fel menyw garedig.

Edrych ar y darlun. Pa un yw'r wrach? Dyna gwestiwn anodd, ond mae'n un y mae'n rhaid i bob plentyn geisio ei ateb.

Am a wyddost ti, gallai gwrach fod yn byw drws nesaf i ti nawr.

Neu efallai mai hi yw'r fenyw â'r llygaid disglair a oedd yn eistedd gyferbyn â ti ar y bws y bore 'ma.

Efallai mai hi yw'r fenyw â'r wên fawr a gynigiodd losin i ti o fag papur gwyn yn y stryd cyn cinio.

Efallai mai hi yw – a bydd hyn yn gwneud i ti neidio – yr athrawes hyfryd sy'n darllen y geiriau hyn i ti yr eiliad hon. Edrych yn ofalus ar yr athrawes honno. Efallai ei bod hi'n gwenu oherwydd bod yr awgrym hwn mor wirion. Paid â gadael i hynny dy dwyllo di. Efallai bod hynny'n rhan o'i chlyfrwch hi.

Dw i ddim, wrth gwrs, yn dweud wrthot ti am eiliad mai gwrach yw dy athrawes di mewn gwirionedd. Y cyfan dw i'n ei ddweud yw y *gallai* hi fod yn un. Mae'n hynod annhebygol. Ond – a dyma'r 'ond' mawr yn dod – *dyw hynny ddim yn amhosibl.*

Petai modd o ddweud yn iawn a oedd menyw yn wrach ai peidio, wedyn gallem eu casglu ynghyd a'u rhoi nhw yn y malwr cig. Yn anffodus, does dim modd gwneud hynny. Ond *mae* nifer o arwyddion bach rwyt ti'n gallu cadw llygad amdanyn nhw, arferion bach rhyfedd sydd gan bob gwrach, ac os gwyddost ti am y rhain, os cofi di nhw bob amser, yna mae'n ddigon posibl y llwyddi di i osgoi cael dy gywasgu cyn i ti dyfu'n fawr.

5

Fy Mam-gu

Fe ddes i fy hunan ar draws gwrachod ddwywaith cyn i mi gyrraedd wyth mlwydd oed. Y tro cyntaf llwyddais i ddianc heb unrhyw niwed, ond yr ail waith doeddwn i ddim mor ffodus. Digwyddodd pethau i mi a fydd yn siŵr o wneud i ti sgrechian pan glywi di amdanyn nhw. Alla i wneud dim am hynny. Rhaid dweud y gwir. Fy mam-gu hyfryd sy'n gyfrifol am y ffaith fy mod i'n dal yma ac yn gallu siarad â ti (er efallai 'mod i'n edrych yn rhyfedd).

Un o Norwy oedd fy mam-gu. Mae pobl Norwy'n gwybod popeth am wrachod, achos o Norwy, gyda'i choedwigoedd tywyll a'i mynyddoedd rhewllyd, y daeth y gwrachod cyntaf. Roedd fy nhad a'm mam hefyd yn dod o Norwy, ond oherwydd bod gan fy nhad fusnes yn Lloegr, roeddwn wedi cael fy ngeni yno ac roeddwn i wedi byw yno ac wedi dechrau mynd i ysgol Saesneg. Ddwywaith y flwyddyn, adeg y Nadolig ac yn yr haf, fe fydden ni'n mynd 'nôl i Norwy i ymweld â Mam-gu. Yr hen wraig hon, yn ôl yr hyn roeddwn i'n ei ddeall, oedd yr unig berthynas, bron, oedd yn dal yn fyw ar ddwy ochr y teulu. Mam fy mam oedd hi ac roeddwn i'n dwlu arni. Pan fyddai hi a fi gyda'n gilydd bydden ni'n siarad naill ai Norwyeg neu Saesneg. Doedd dim gwahaniaeth pa un. Roedden ni'r un mor rhugl yn y naill iaith a'r llall, a rhaid i mi gyfaddef fy mod i'n teimlo'n agosach ati hi nag at fy mam.

Yn fuan ar ôl fy mhen-blwydd yn saith oed, aeth fy rhieni â mi fel arfer i dreulio'r Nadolig gyda fy mam-gu yn Norwy. A draw fan honno, tra oedd fy nhad a'm mam a minnau'n teithio ar dywydd rhewllyd ychydig i'r gogledd o Oslo, y llithrodd ein car ni oddi ar yr heol a chwympo i lawr i geunant creigiog. Cafodd fy rhieni eu lladd. Roeddwn i'n sownd yn y gwregys yn y sedd gefn a dim ond briw ar fy nhalcen ges i.

Af i ddim i ddisgrifio'r pethau erchyll ddigwyddodd y prynhawn ofnadwy hwnnw. Dw i'n dal i deimlo ias wrth feddwl am y peth. Yn y diwedd, wrth gwrs, dyna lle roeddwn i 'nôl yn nhŷ fy mam-gu a'r ddau ohonom yn llefain drwy'r nos.

'Beth wnawn ni nawr?' gofynnais iddi drwy fy nagrau.

'Fe gei di aros fan hyn gyda fi,' meddai, 'ac fe ofala i amdanat ti.'

'Dydw i ddim yn mynd 'nôl i Loegr?'

'Nac wyt,' meddai hi. 'Allwn i fyth wneud hynny. Fe all y nefoedd fynd â'm henaid, ond Norwy fydd yn cadw fy esgyrn.'

Yn syth y diwrnod canlynol, er mwyn i ni ein dau geisio anghofio ein tristwch mawr, dechreuodd fy mam-gu adrodd storïau i mi. Roedd hi'n eu hadrodd yn wych ac roeddwn i'n cael fy swyno gan bopeth roedd hi'n ei ddweud wrtha i. Ond dim ond pan ddechreuodd hi sôn am wrachod y dechreuais gyffroi. Roedd hi, mae'n debyg, yn arbenigwr mawr ar y creaduriaid hyn ac fe'i gwnaeth hi'n glir iawn i mi nad storïau dychmygol oedd ei storïau hi am wrachod, yn wahanol i'r rhan fwyaf o'r storïau eraill. Roedden nhw i gyd yn wir. Roedden nhw cyn wired â phader. Hanes oedden nhw. Roedd popeth roedd hi'n ei ddweud wrtha i am wrachod wedi digwydd go iawn ac roedd hi'n well i mi gredu hynny. Yr hyn oedd yn waeth, yn llawer, llawer gwaeth, oedd fod gwrachod yn dal gyda ni. Roedden nhw o'n cwmpas ni i gyd ac roedd hi'n well i mi gredu hynny, hefyd.

'Wyt ti *wir* yn dweud y gwir, Mam-gu? *Yn wir* a *hollol gywir?*'

'Cariad bach,' meddai hi, 'fyddi di ddim yn para'n hir yn y byd 'ma os nad wyt ti'n gwybod sut i adnabod gwrach pan weli di un.'

'Ond fe ddywedaist ti wrtha i fod gwrachod yn edrych fel menywod cyffredin, Mam-gu. Felly sut galla i eu hadnabod nhw?'

'Rhaid i ti wrando arna i,' meddai fy mam-gu. 'Rhaid i ti gofio popeth dw i'n ei ddweud wrthot ti. Wedi hynny, y cyfan y galli di ei wneud yw dweud cris-croes, tân poeth a gweddïo ar y nefoedd a gobeithio'r gorau.'

Roeddem ni yn ystafell fyw fawr ei thŷ yn Oslo ac ro'n i'n barod i fynd i'r gwely. Fyddai'r llenni byth yn cael eu tynnu yn y tŷ hwnnw, a thrwy'r ffenestri gallwn weld plu eira enfawr yn cwympo'n araf ar fyd y tu allan oedd yn bygddu. Roedd fy mam-gu'n hynod o hen a chrychlyd, ac roedd ei chorff anferth o lydan yn les llwyd drosto i gyd. Eisteddai yno'n fawreddog yn ei chadair freichiau, gan lenwi pob modfedd ohoni. Allai llygoden hyd yn oed ddim fod wedi gwasgu i mewn i eistedd wrth ei hymyl. Roeddwn i, yn fachgen saith mlwydd oed, yn fy nghwrcwd ar y llawr wrth ei thraed, yn gwisgo pyjamas, gŵn gwisgo a sliperi.

'Wyt ti'n tyngu nad tynnu fy nghoes rwyt ti?' meddwn i wrthi dro ar ôl tro. 'Wyt ti'n tyngu nad esgus rwyt ti?'

'Gwrandawa,' meddai, 'dw i wedi adnabod o leiaf bump o blant sydd wedi diflannu oddi ar wyneb y ddaear hon, a neb wedi'u gweld wedyn. Y gwrachod aeth â nhw.'

'Dw i'n dal i gredu dy fod ti'n ceisio codi ofn arna i,' meddwn i.

'Dw i'n ceisio gwneud yn siŵr nad yw'r un peth yn digwydd i ti,' meddai. 'Dw i'n dy garu di a dw i eisiau i ti aros gyda fi.'

'Dwed wrtha i am y plant a ddiflannodd,' meddwn i.

Fy mam-gu oedd yr unig fam-gu wnes i ei chyfarfod erioed oedd yn ysmygu sigârs. Dyma hi'n cynnau un nawr, sigâr hir ddu oedd yn drewi fel rwber yn llosgi. 'Ranghild Hansen oedd enw'r plentyn cyntaf ro'n i'n adnabod i ddiflannu,' meddai. 'Tua wyth oed oedd Ranghild .ar y pryd, ac roedd hi'n chwarae gyda'i chwaer fach ar y lawnt. Daeth eu mam, oedd yn pobi bara yn y gegin, allan am ychydig o awyr iach. "Ble mae Ranghild?'' gofynnodd.

'"Aeth hi i ffwrdd gyda'r fenyw dal," meddai'r chwaer fach.

'"Pa fenyw dal?" meddai'r fam.

'"Y fenyw dal â menig gwynion," meddai'r chwaer fach. "Fe gydiodd hi yn llaw Ranghild a mynd â hi i ffwrdd." Welodd neb,' meddai fy mam-gu, 'Ranghild byth eto.'

'Chwilion nhw ddim amdani hi?' gofynnais.

'Fe chwilion nhw o amgylch am filltiroedd. Fe help-odd pawb yn y dref, ond ddaethon nhw byth o hyd iddi.'

'Beth ddigwyddodd i'r pedwar plentyn arall?' gofyn-nais.

'Fe ddiflannon nhw'n union fel Ranghild.'

'Sut, Mam-gu? Sut diflannon nhw?'

'Ym mhob achos fe gafodd menyw ddieithr ei gweld y tu allan i'r tŷ, yn union cyn i'r peth ddigwydd.'

'Ond sut diflannon nhw?' gofynnais.

'Roedd yr ail un yn rhyfedd iawn,' meddai fy mam-gu. 'Roedd yna deulu o'r enw Christiansen. Roedden

nhw'n byw i fyny ar Holmenkollen, ac roedd hen
baentiad olew gyda nhw roedden nhw'n falch iawn
ohono. Roedd y paentiad yn dangos hwyaid ar y buarth
y tu allan i ffermdy. Doedd dim pobl yn y paentiad,

dim ond haid o hwyaid ar fuarth glaswelltog a'r
ffermdy yn y cefndir. Roedd e'n baentiad mawr ac yn
eithaf pert. Wel, un diwrnod daeth Solveg, merch y
teulu, adref o'r ysgol yn bwyta afal. Fe ddywedodd hi
fod menyw garedig wedi ei roi iddi ar y stryd. Y bore
canlynol doedd Solveg fach ddim yn ei gwely. Fe chwil-
iodd ei rhieni ym mhobman ond allen nhw ddim dod
o hyd iddi. Yna'n sydyn reit gwaeddodd ei thad, "Dyna
hi! Dyna Solveg yn bwydo'r hwyaid!" Roedd e'n pwyntio
at y paentiad olew, ac yn wir, roedd Solveg ynddo.
Roedd hi'n sefyll yn y buarth yn taflu bara allan o
fasged i'r hwyaid. Fe ruthrodd ei thad at y paentiad a
chyffwrdd â hi. Ond doedd dim yn tycio. Dim ond
rhan o'r paentiad oedd hi, dim ond darlun wedi'i
beintio ar y cynfas.

'Welaist *ti*'r paentiad hwnnw erioed, Mam-gu, gyda'r
ferch fach ynddo?'

'Lawer gwaith,' meddai fy mam-gu. 'A'r peth rhyfedd oedd y byddai Solveg fach yn ymddangos mewn gwahanol fannau yn y darlun. Un diwrnod fe fyddai yn y ffermdy ei hun ac fe allet ti weld ei hwyneb yn edrych allan drwy'r ffenest. Ar ddiwrnod arall fe fyddai draw ymhell ar y chwith a hwyaden yn ei breichiau.'

'Welaist ti hi'n symud yn y darlun o gwbl, Mam-gu?'

'Welodd neb mo hynny. Ble bynnag roedd hi, un ai'r tu allan yn bwydo'r hwyaid neu'r tu mewn yn edrych allan drwy'r ffenest, doedd hi byth yn symud, yn ddim ond ffurf wedi'i phaentio mewn olew. Roedd y cyfan yn rhyfedd iawn,' meddai fy mam-gu. 'Yn rhyfedd iawn, wir. A'r peth rhyfeddaf oedd ei bod hi'n mynd yn hŷn yn y darlun wrth i'r blynyddoedd fynd heibio. Ymhen deng mlynedd, roedd y ferch fach yn fenyw ifanc. Ymhen tri deg mlynedd, roedd hi'n ganol oed. Yna'n sydyn reit, bum deg pedwar o flynyddoedd ar ôl i'r peth ddigwydd, fe ddiflannodd hi o'r darlun yn gyfan gwbl.'

'Wyt ti'n awgrymu ei bod hi wedi marw?' meddwn i.

'Pwy a ŵyr?' meddai fy mam-gu. 'Mae rhai pethau dirgel iawn yn digwydd ym myd y gwrachod.'

'Dyna ddau blentyn rwyt ti wedi sôn wrtha i amdanyn nhw,' meddwn i. 'Beth ddigwyddodd i'r trydydd?'

'Birgit Svenson fach oedd y trydydd plentyn,' meddai fy mam-gu. 'Roedd hi'n byw ar draws y ffordd i ni. Un diwrnod fe ddechreuodd plu dyfu dros ei chorff i gyd. O fewn mis, roedd hi wedi troi'n iâr fawr wen. Fe gadwodd ei rhieni hi am flynyddoedd mewn cwt yn yr ardd. Roedd hi hyd yn oed yn dodwy wyau.'

'Pa liw oedd yr wyau?' meddwn i.

'Rhai brown,' meddai fy mam-gu. 'Dyna'r wyau mwyaf dw i erioed wedi'u gweld yn fy myw. Byddai ei mam yn gwneud omlet â nhw. Roedden nhw'n flasus dros ben.'

Syllais i fyny ar fy mam-gu, a eisteddai yno fel rhyw hen frenhines ar ei gorsedd. Roedd ei llygaid yn llwyd fel niwl ac fel petaen nhw'n edrych ar rywbeth filltiroedd lawer i ffwrdd. Y sigâr oedd yr unig beth go iawn amdani'r eiliad honno, ac roedd y mwg oedd yn dod ohoni'n llifo'n gymylau glas o amgylch ei phen.

'Ond wnaeth y ferch fach a drodd yn iâr ddim diflannu?' meddwn i.

'Naddo, ddiflannodd Birgit ddim. Fe fuodd hi fyw am flynyddoedd lawer yn dodwy ei wyau brown.'

'Fe ddwedaist ti fod pob un ohonyn nhw wedi diflannu.'

'Fe wnes i gamgymeriad,' meddai fy mam-gu. 'Dw i'n mynd yn hen. Alla i ddim cofio popeth.'

'Beth ddigwyddodd i'r pedwerydd plentyn?' gofynnais.

'Bachgen o'r enw Harald oedd y pedwerydd,' meddai fy mam-gu. 'Un diwrnod fe aeth ei groen yn llwydaidd a melyn. Wedyn fe aeth yn galed a hafnog, fel masgl cnau. Erbyn gyda'r nos, roedd y bachgen wedi troi'n garreg.'

'Carreg?' meddwn i. 'Carreg go iawn, ti'n feddwl?'

'Gwenithfaen,' meddai. 'Fe af i â ti i'w weld e os wyt ti eisiau. Maen nhw'n dal i'w gadw fe yn y tŷ. Mae e'n sefyll yn y cyntedd, yn gerflun bach carreg. Mae ymwelwyr yn rhoi eu hymbaréls i bwyso yn ei erbyn.'

Er fy mod i'n ifanc iawn, doeddwn i ddim yn barod i gredu popeth roedd fy mam-gu'n ei ddweud wrthyf. Ac eto roedd hi'n siarad mor argyhoeddedig, mor hynod o ddifrifol, heb wên byth ar ei hwyneb na winc yn ei llygad, fel fy mod i'n dechrau meddwl.

'Ymlaen â ti, Mam-gu,' meddwn i. 'Fe ddwedaist ti wrtha i fod pump i gyd. Beth ddigwyddodd i'r un olaf?'

'Hoffet ti bwff ar fy sigâr?' meddai.

'Dim ond saith ydw i, Mam-gu.'

'Does dim gwahaniaeth gyda fi beth yw dy oedran di,' meddai. 'Fyddi di byth yn dal annwyd os wyt ti'n ysmygu sigârs.'

'Beth am rif pump, Mam-gu?'

'Roedd rhif pump,' meddai, gan gnoi gwaelod ei sigâr fel petai'n asbaragws blasus, 'yn achos eithaf diddorol. Roedd plentyn naw mlwydd oed o'r enw Leif yn treulio gwyliau'r haf gyda'i deulu ar y ffiord, ac roedd y teulu cyfan yn cael picnic ac yn nofio oddi ar rai o'r creigiau ar un o'r ynysoedd bach yno. Plymiodd Leif bach i'r dŵr a sylwodd ei dad, a oedd yn ei wylio, iddo aros o dan yr wyneb am amser anarferol o hir. Pan ddaeth i'r wyneb o'r diwedd, nid Leif oedd e mwyach.'

'Beth oedd e, Mam-gu?'

'Llamhidydd oedd e.'

'Nage! Byth bythoedd!'

'Roedd e'n llamhidydd bach hyfryd,' meddai hi. 'Ac mor gyfeillgar ag y gallai fod.'

'Mam-gu,' meddwn i.

'Ie, cariad?'

'A wnaeth e wir droi'n llamhidydd?'

'Do'n wir,' meddai hi. 'Ro'n i'n adnabod ei fam yn dda. Fe ddwedodd hi'r cyfan wrtha i. Fe ddywedodd hi sut yr arhosodd Leif y Llamhidydd gyda nhw drwy'r prynhawn hwnnw'n rhoi reidiau i'w frodyr a'i chwiorydd ar ei gefn. Fe gawson nhw amser gwych. Yna fe gododd ei asgell arnyn nhw a nofio i ffwrdd, a welodd neb fyth mohono wedyn.'

'Ond Mam-gu,' meddwn i, 'sut roedden nhw'n gwybod yn bendant mai Leif oedd y llamhidydd?'

'Roedd e'n siarad â nhw,' meddai mam-gu. 'Roedd e'n chwerthin a chellwair gyda nhw drwy'r amser wrth roi reidiau iddyn nhw.'

'Ond oedd yna ddim ffws enfawr pan ddigwyddodd hyn?' gofynnais.

'Dim llawer,' meddai fy mam-gu. 'Rhaid i ti gofio ein bod ni'n gyfarwydd â'r math yna o beth yma yn Norwy. Mae gwrachod ym mhobman. Mae un yn byw yn ein stryd ni yr eiliad hon, siŵr o fod. Mae'n bryd i ti fynd i'r gwely.'

'Fyddai gwrach ddim yn dod i mewn drwy fy ffenest yn ystod y nos, fyddai hi?' gofynnais, gan grynu ychydig.

'Na fyddai,' meddai fy mam-gu. 'Fyddai gwrach byth yn gwneud pethau dwl fel dringo peipiau glaw neu dorri i mewn i dai pobl. Fe fyddi di'n ddigon diogel yn dy wely. Dere nawr. Fe lapia i di'n glyd.'

Sut i Adnabod Gwrach

Y noson ganlynol, ar ôl i fy mam-gu roi bath i mi, aeth hi â mi i'r ystafell fyw eto i gael stori arall.

'Heno,' meddai'r hen wraig, 'dw i'n mynd i ddweud wrthot ti sut mae adnabod gwrach pan weli di un.'

'Wyt ti bob amser yn gallu bod yn siŵr?' gofynnais.

'Nac wyt,' meddai hi, 'dwyt ti ddim. A dyna'r drafferth. Ond rwyt ti'n gallu bwrw amcan sy'n ddigon agos ati.'

Roedd llwch sigâr yn disgyn dros ei chôl i gyd, a minnau'n gobeithio na fyddai hi'n mynd ar dân cyn iddi ddweud wrtha i sut i adnabod gwrach.

'Yn y lle cyntaf,' meddai, 'mae GWRACH GO-IAWN yn siŵr o fod yn gwisgo menig pan fyddi di'n cwrdd â hi.'

'Ond ddim *bob amser*, siawns,' meddwn i. 'Beth am yn yr haf pan fydd hi'n boeth?'

'Hyd yn oed yn yr haf,' meddai fy mam-gu. 'Mae'n rhaid iddi. Wyt ti eisiau gwybod pam?'

'Pam?' meddwn i.

'Oherwydd nad oes ewinedd ganddi. Yn lle ewinedd, mae ganddi grafangau tenau bwaog fel cath, ac mae hi'n gwisgo menig i'w cuddio nhw. Cofia di, mae llawer o fenywod parchus iawn yn gwisgo menig, yn enwedig yn y gaeaf, felly dyw hyn ddim yn llawer o help i ti.'

'Roedd Mama'n arfer gwisgo menig,' meddwn i.

'Ddim yn y tŷ,' meddai fy mam-gu. 'Mae gwrachod yn gwisgo menig hyd yn oed yn y tŷ. Dim ond pan fyddan nhw'n mynd i'r gwely maen nhw'n eu tynnu nhw.'

'Sut wyt ti'n gwybod hyn i gyd, Mam-gu?'

'Paid â thorri ar fy nhraws,' meddai. 'Cofia di'r cyfan. Yr ail beth i'w gofio yw fod GWRACH GO-IAWN bob amser yn foel.'

'Yn *foel*?' meddwn i.

'Yn foel fel wy wedi'i ferwi,' meddai fy mam-gu.

Roeddwn i wedi fy synnu. Roedd rhywbeth anweddus am fenyw foel. 'Pam maen nhw'n foel, Mam-gu?'

'Paid â gofyn pam,' meddai hi'n swta. 'Ond cred di fi, does dim blewyn yn tyfu ar ben gwrach.'

'Dyna ofnadwy!'

'Ych a fi,' meddai fy mam-gu.

'Os yw hi'n foel, fe fydd hi'n hawdd ei hadnabod hi,' meddwn i.

'Ddim o gwbl,' meddai fy mam-gu. 'Mae GWRACH GO-IAWN bob amser yn gwisgo wig i guddio'r ffaith ei bod hi'n foel. Mae hi'n gwisgo wig o'r safon uchaf. Ac mae hi bron yn amhosibl dweud y gwahaniaeth rhwng wig o'r safon uchaf a gwallt cyffredin heb roi plwc iddo i weld a yw'n dod yn rhydd.'

'Felly dyna beth fydd yn rhaid i mi ei wneud,' meddwn i.

'Paid â bod yn dwp,' meddai fy mam-gu. 'Alli di ddim mynd o gwmpas yn rhoi plwc i wallt pob menyw rwyt ti'n cwrdd â ni, hyd yn oed os *yw* hi'n gwisgo menig. Rho di gynnig arni i weld beth ddigwydd.'

'Felly dyw hynny fawr o help chwaith,' meddwn i.

'Does dim un o'r pethau hyn yn dda i ddim ar ei ben ei hunan,' meddai fy mam-gu. 'Dim ond pan wyt ti'n eu rhoi nhw i gyd gyda'i gilydd y maen nhw'n gwneud unrhyw synnwyr. Cofia di,' aeth fy mam-gu yn ei blaen, 'mae'r wigiau yma'n achosi problem eithaf difrifol i wrachod.'

'Pa broblem, Mam-gu?'

'Maen nhw'n gwneud i groen y pen gosi'n ofnadwy,' meddai hi. 'Ti'n gweld, pan fydd actores yn gwisgo wig, neu petaet ti neu fi'n gwisgo wig, fe fyddwn ni'n ei roi ar ein gwallt ein hunain, ond rhaid i wrach ei roi'n union ar groen ei phen moel. Ac mae ochr isaf wig yn arw a chraflyd iawn. Mae'n gwneud i'r croen moel gosi'n ddifrifol. Mae'n achosi briwiau cas ar y pen. Brech y wig yw enw'r gwrachod ar yr haint. Ac mae'n cosi a chosi.'

'Pa bethau eraill y dylwn i chwilio amdanyn nhw i adnabod gwrach?' gofynnais.

'Edrych am y ffroenau,' meddai fy mam-gu. 'Mae ffroenau gwrachod ychydig yn fwy na ffroenau pobl gyffredin. Mae ymyl pob ffroen yn binc ac yn troi ychydig, fel ymyl rhyw fath o gragen.'

'Pam mae ffroenau mor fawr ganddyn nhw?' gofynnais.

'I arogli,' meddai fy mam-gu. 'Mae gan WRACH GO-IAWN synnwyr arogli anhygoel. Mae hi'n gallu ffroeni plentyn sy'n sefyll yr ochr draw i'r stryd ar noson dywyll ddu.'

'Fyddai hi ddim yn gallu fy arogli i,' meddwn i. 'Dw i newydd gael bath.'

'O byddai, byddai,' meddai fy mam-gu. 'Po lanaf wyt ti, mwyaf drewllyd wyt ti i wrach.'

'All hynny ddim bod yn wir,' meddwn i.

'Mae plentyn hollol lân yn rhoi'r drewdod mwyaf erchyll i wrach,' meddai fy mam-gu. 'Po fwyaf budr wyt ti, lleiaf rwyt ti'n drewi.'

'Ond dyw hynny ddim yn gwneud synnwyr, Mam-gu.'

'O ydy mae e,' meddai fy mam-gu. 'Nid y *baw* mae'r wrach yn ei arogli. Ond *ti*. Mae'r arogl sy'n gwneud i wrach fynd yn wallgof yn dod yn syth allan o'th groen di. Mae'n dod yn donnau allan o'th groen, ac mae'r tonnau hyn, tonnau drewllyd yw enw'r gwrachod arnyn nhw, yn hofran drwy'r awyr ac yn taro'r wrach yn union yn ei ffroenau. Maen nhw'n ei llorio hi.'

'Nawr aros funud, Mam-gu . . .'

'Paid â thorri ar draws,' meddai hi. 'Y pwynt yw hyn. Pan nad wyt ti wedi ymolchi am wythnos ac mae dy groen di'n faw drosto, yna mae'n amlwg na all y tonnau drewllyd ddod allan mor gryf.'

'Fydda i byth yn cael bath eto,' meddwn i.

'Does dim rhaid i ti gael un yn rhy aml,' meddai fy mam-gu. 'Mae unwaith y mis yn hen ddigon i blentyn rhesymol.'

Ar adegau fel hyn roeddwn i'n caru fy mam-gu'n fwy nag erioed.

'Mam-gu,' meddwn i, 'os yw hi'n noson dywyll, sut gall gwrach arogli'r gwahaniaeth rhwng plentyn ac oedolyn?'

'Achos dyw oedolion ddim yn creu tonnau drewllyd,' meddai hi. 'Dim ond plant sy'n gwneud hynny.'

21

'Ond dw i ddim *wir* yn creu tonnau drewllyd, ydw i?' meddwn i. 'Dw i ddim yn eu creu nhw'r eiliad hon, ydw i?'

'Dwyt ti ddim i mi,' meddai fy mam-gu. 'I mi, rwyt ti'n arogli fel mafon a hufen. Ond i wrach fe fyddet ti'n drewi'n ofnadwy.'

'O beth fyddwn i'n drewi?' gofynnais.

'Baw ci,' meddai fy mam-gu.

Teimlais yn simsan. Roeddwn i'n syfrdan. *'Baw ci!'* llefais. 'Dw i *ddim* yn drewi o faw ci! Dw i ddim yn credu'r peth! Dw i'n gwrthod credu'r peth!'

'Ar ben hynny,' meddai fy mam-gu, gan siarad â chryn flas, 'i wrach fe fyddet ti'n drewi o faw ci *ffres*.'

'Dyw hynny ddim yn wir!' llefais. 'Dw i'n gwybod nad ydw i'n drewi o faw ci, hen na ffres!'

'Does dim pwynt dadlau am y peth,' meddai fy mam-gu. 'Mae'n un o ffeithiau bywyd.'

Roeddwn i wedi gwylltio. Allwn i ddim credu'r hyn roedd mam-gu'n ei ddweud wrtha i.

'Felly os gweli di fenyw'n dal ei thrwyn wrth fynd heibio i ti ar y stryd,' aeth yn ei blaen, 'gallai'r fenyw honno fod yn wrach yn hawdd.'

Penderfynais newid y pwnc. 'Dwed wrtha i beth arall y dylwn i edrych amdano mewn gwrach,' meddwn i.

'Y llygaid,' meddai fy mam-gu. 'Edrych yn ofalus ar dy lygaid, oherwydd mae llygaid GWRACH GO-IAWN yn wahanol i dy rai di a fy rhai i. Edrych yng nghanol y llygaid lle mae cannwyll ddu fel arfer. Os yw hi'n wrach, bydd y gannwyll yn newid lliw o hyd, ac fe weli di dân ac fe weli di iâ yn dawnsio yng nghanol y

gannwyll. Fe fydd hynny'n gyrru ias ar hyd dy groen di.'

Pwysodd fy mam-gu'n ôl yn ei chadair a sugno'n fodlon ar ei sigâr ddu frwnt. Roeddwn i yn fy nghwrcwd ar y llawr, yn syllu arni, wedi fy rhyfeddu.

Doedd hi ddim yn gwenu. Roedd hi'n edrych yn hollol o ddifrif.

'Oes pethau eraill?' gofynnais iddi.

'Wrth gwrs fod pethau eraill,' meddai fy mam-gu. 'Dwyt ti ddim fel petaet ti'n deall nad menywod yw gwrachod o gwbl, wir. Maen nhw'n *edrych* fel menywod. Maen nhw'n siarad fel menywod. Ac maen nhw'n gallu ymddwyn fel menywod. Ond mewn gwirionedd, anifeiliaid cwbl wahanol ydyn nhw. Diawliaid ar ffurf ddynol ydyn nhw. Dyna pam mae ganddyn nhw grafangau a phennau moel a thrwynau rhyfedd a llygaid od, y mae'n rhaid iddyn nhw eu cuddio orau y gallan nhw rhag gweddill y byd.'

'Beth arall sy'n wahanol amdanyn nhw, Mam-gu?'

'Y traed,' meddwn i. 'Does byth fysedd traed gan wrachod.'

'Dim bysedd traed!' llefais. 'Wel beth sydd ganddyn nhw 'te?'

'Dim ond traed sydd ganddyn nhw,' meddai fy mam-gu.

'Mae'r traed yn sgwâr heb fysedd traed arnyn nhw o gwbl.'

'On'd yw hynny'n ei gwneud hi'n anodd iddyn nhw gerdded?' gofynnais.

'Ddim o gwbl,' meddai fy mam-gu. 'Ond mae'n rhoi problem iddyn nhw gyda'u hesgidiau. Mae pob menyw'n hoffi gwisgo esgidiau bach eithaf pigfain, ond mae hi'n andros o anodd i wrach, a'i thraed llydan mawr a sgwâr, eu gwthio nhw i'r esgidiau bach pigfain twt yna.'

'Felly pam nad yw hi'n gwisgo esgidiau cyfforddus llydan sgwâr?' gofynnais.

'All hi ddim mentro,' meddai fy mam-gu. 'Yn union fel mae hi'n cuddio ei moelni â wig, rhaid iddi hefyd guddio ei thraed gwrach hyll drwy eu gwasgu i esgidiau hardd.'

'On'd yw hynny'n ofnadwy o anghyfforddus?' meddwn i.

'Hynod o anghyfforddus,' meddai fy mam-gu. 'Ond mae'n rhaid iddi ymdopi.'

'Os yw hi'n gwisgo esgidiau cyffredin, fydd hynny'n ddim help i mi ei hadnabod hi, fydd e, Mam-gu?'

'Na fydd, yn anffodus,' meddai fy mam-gu. 'Efallai y gweli di hi'n cerdded braidd yn gloff, ond dim ond os edrychi di'n ofalus iawn.'

'Ai dyna'r unig wahaniaethau 'te, Mam-gu?'

'Mae un arall,' meddai fy mam-gu. 'Dim ond un arall.'

'Beth yw e, Mam-gu?'

'Mae eu poer nhw'n las.'

'Yn las!' llefais. 'Ddim yn las! All eu poer nhw ddim bod yn *las*!'

'Yn las fel llus,' meddai hi.

'Dwyt ti ddim o ddifri, Mam-gu! All neb fod â phoer glas!'

'Fe all gwrachod,' meddai hi.

'Ydy e fel inc?' gofynnais.

'Yn union,' meddai. 'Maen nhw hyd yn oed yn ei ddefnyddio i

ysgrifennu. Maen nhw'n defnyddio'r hen ysgrifbinnau hen ffasiwn yna sydd â nibiau ac maen nhw'n llyfu'r nib, dyna'i gyd.'

'Wyt ti'n gallu gweld y poer glas, Mam-gu? Petai gwrach yn siarad â mi, fyddwn i'n gallu ei weld e?'

'Dim ond petaet ti'n edrych yn ofalus iawn,' meddai fy mam-gu.

'Petaet ti'n edrych yn ofalus iawn, mae'n debyg y byddet ti'n gweld arlliw o las ar ei dannedd hi. Ond dyw e ddim i'w weld yn amlwg iawn.'

'Fe fyddai e petai hi'n poeri,' meddwn i.

'Fydd gwrachod byth yn poeri,' meddai fy mam-gu. 'Fydden nhw ddim yn meiddio.'

Allwn i ddim credu y byddai fy mam-gu'n dweud celwyddau wrtha i. Roedd hi'n mynd i'r eglwys bob bore o'r wythnos ac yn dweud gras cyn pob pryd bwyd, a fyddai rhywun sy'n gwneud hynny byth yn dweud celwydd. Roeddwn i'n dechrau credu pob gair roedd hi'n ei ddweud.

'Felly dyna ti,' meddai fy mam-gu. 'Dyna'r cyfan y galla i ei ddweud wrthot ti. Does dim ohono fe'n ddefnyddiol iawn. Alli di byth fod yn hollol siŵr a yw menyw'n wrach ai peidio, dim ond wrth edrych arni. Ond os yw hi'n gwisgo'r menig, os yw'r ffroenau mawr ganddi, y llygaid rhyfedd a'r gwallt sy'n edrych fel y gallai fod yn wig, ac os oes arlliw o las ar ei dannedd – os yw'r holl bethau hyn ganddi, wedyn rhed fel y gwynt.'

'Mam-gu,' meddwn i, 'pan oeddet ti'n ferch fach, wnest *ti* gwrdd â gwrach erioed?'

'Unwaith,' meddai fy mam-gu. 'Dim ond unwaith.'

'Beth ddigwyddodd?'

'Dw i ddim yn mynd i ddweud wrthot ti,' meddai hi. 'Fe fyddai'r hanes yn codi arswyd arnat ti ac yn rhoi breuddwydion cas i ti.'

'Plis dwed wrtha i,' ymbiliais.

'Na wnaf,' meddai hi. 'Mae rhai pethau sy'n rhy ofnadwy i siarad amdanyn nhw.'

'Ydy e'n rhywbeth i'w wneud â'r bys bawd rwyt ti wedi'i golli?' gofynnais.

Yn sydyn, caeodd ei hen wefusau crychlyd yn dynn fel pwrs cybydd a dyma'r llaw oedd yn cydio yn y sigâr (y llaw heb fys bawd) yn dechrau crynu ychydig bach.

Arhosais. Edrychodd hi ddim arna i. Siaradodd hi ddim. Yn sydyn reit roedd hi wedi'i chau ei hun i ffwrdd yn llwyr. Roedd y sgwrs ar ben.

'Nos da, Mam-gu,' meddwn i, gan godi o'r llawr a rhoi cusan iddi ar ei boch.

Symudodd hi ddim. Dyma fi'n mynd ar fy mhedwar o'r ystafell ac i'm hystafell wely.

Y Brif Uchel Wrach

Y diwrnod canlynol, cyrhaeddodd dyn mewn siwt ddu'r tŷ yn cario bag dogfennau, a chafodd sgwrs hir â'm mam-gu yn yr ystafell fyw. Chawn i ddim mynd i mewn tra oedd e yno, ond pan adawodd o'r diwedd, daeth fy mam-gu ataf, gan gerdded yn araf ac yn edrych yn drist iawn.

'Fe fuodd y dyn yna'n darllen ewyllys dy dad i mi,' meddai hi.

'Beth yw ewyllys?' gofynnais iddi.

'Rhywbeth rwyt ti'n ei ysgrifennu cyn i ti farw,' meddai hi. 'Ac ynddo rwyt ti'n dweud pwy sy'n mynd i gael dy arian a'th eiddo. Ond yn bwysicach na dim, mae'n dweud pwy sy'n mynd i ofalu am dy blentyn os bydd y fam a'r tad wedi marw.'

Cefais fy meddiannu gan ofn. 'Oedd e'n dweud mai ti sy'n mynd i ofalu amdana i, Mam-gu?' llefais. 'Does dim rhaid i mi fynd at rywun arall, oes e?'

'Nac oes,' meddai. 'Fyddai dy dad byth wedi gwneud hynny. Mae e wedi gofyn i mi ofalu amdanat ti yn ystod fy oes i, ond mae e hefyd wedi gofyn i mi fynd â ti 'nôl i dy dŷ dy hunan yn Lloegr. Mae e eisiau i ni aros yno.'

'Ond pam?' meddwn. 'Pam na allwn ni aros fan hyn yn Norwy? Fe fyddet ti'n casáu byw yn unrhyw le arall! Fe ddwedest ti y byddet ti!'

'Dw i'n gwybod,' meddai hi. 'Ond mae llawer o faterion cymhleth gydag arian a'r tŷ na fyddet ti'n eu deall nhw. Hefyd, roedd yr ewyllys yn dweud, er bod dy deulu di i gyd o Norwy, dy fod ti wedi cael dy eni yn Lloegr a dy fod ti wedi dechrau dy addysg yno a bod dy dad eisiau i ti barhau i fynd i ysgolion Saesneg.'

'O, Mam-gu!' llefais. 'Dwyt *ti* ddim eisiau mynd i fyw yn ein tŷ ni yn Lloegr, dw i'n gwybod hynny!'

'Wrth gwrs nad ydw i,' meddai hi. 'Ond rwy'n ofni y bydd yn rhaid i mi. Roedd yr ewyllys yn dweud bod dy fam yn teimlo'r un peth, ac mae'n bwysig parchu dymuniadau dy rieni.'

Doedd dim dewis arall. Roedd yn rhaid i ni fynd i Loegr, a dechreuodd fy mam-gu wneud trefniadau ar unwaith. 'Mae dy dymor ysgol newydd yn dechrau mewn ychydig ddiwrnodau,' meddai hi, 'felly does dim amser gyda ni i'w wastraffu.'

Y noson cyn i ni adael am Loegr, dechreuodd fy mam-gu siarad am ei hoff bwnc unwaith eto. 'Does dim cymaint o wrachod yn Lloegr ag sydd yn Norwy,' meddai hi.

'Dw i'n siŵr na fydda i'n cwrdd ag un,' meddwn i.

'Dw i'n gobeithio'n wir na wnei di,' meddai hi, 'oherwydd mae'n debyg mai gwrachod Lloegr yw'r rhai casaf yn y byd i gyd.'

Wrth iddi eistedd yno'n ysmygu ei sigâr frwnt ac yn siarad, roeddwn i'n edrych drwy'r amser ar y llaw oedd wedi colli bys bawd. Roeddwn i wedi fy hudo gan y peth ac yn meddwl drwy'r amser pa beth ofnadwy oedd wedi digwydd y tro hwnnw pan oedd hi wedi

29

cwrdd â gwrach. Rhaid ei fod yn rhywbeth cwbl erchyll a ffiaidd neu, fel arall, byddai hi wedi dweud wrtha i amdano. Efallai fod y bawd wedi cael ei droi i ffwrdd. Neu efallai ei bod hi wedi cael ei gorfodi i wasgu ei bys bawd i lawr pig tegell berwedig nes iddo droi'n anwedd. Neu a dynnodd rhywun e o'i llaw fel tynnu dant? Allwn i ddim peidio ceisio dyfalu.

'Dwed wrtha i beth mae'r gwrachod yna o Loegr yn ei wneud, Mam-gu,' meddwn i.

'Wel,' meddai, gan sugno wrth ei sigâr ddrewllyd, 'eu hoff dric nhw yw cymysgu powdr a fydd yn troi plentyn yn rhyw greadur neu'i gilydd y mae oedolion yn ei gasáu.'

'Pa fath o greadur, Mam-gu?'

'Gwlithen, fel arfer,' meddai hi. 'Mae gwlithod yn un o'u hoff greaduriaid nhw. Wedyn mae'r oedolion yn camu ar y wlithen ac yn ei sathru heb wybod mai plentyn yw hi.'

'Mae hynny'n gwbl fwystfilaidd!' llefais.

'Neu gallai fod yn chwannen,' meddai fy mam-gu. 'Fe allen nhw dy droi di'n chwannen, a heb sylweddoli beth roedd hi'n ei wneud, byddai dy fam dy hunan yn nôl y powdr chwain a dyna hi ar ben arnat ti.'

'Rwyt ti'n gwneud i mi deimlo'n nerfus, Mam-gu. Dw i ddim yn meddwl fy mod i eisiau mynd 'nôl i Loegr.'

'Dw i'n gwybod am wrachod yn Lloegr,' aeth yn ei blaen, 'sydd wedi troi plant yn ffesantod ac yna wedi sleifio'r ffesantod i'r goedwig yr union ddiwrnod cyn i'r tymor saethu ffesantod ddechrau.'

'Aw,' meddwn i. 'Felly maen nhw'n cael eu saethu.'

'Wrth gwrs eu bod nhw'n cael eu saethu,' meddai hi. 'Ac wedyn maen nhw'n cael eu plufio a'u rhostio a'u bwyta i swper.'

Dychmygais fy hunan yn ffesant, yn hedfan yn wyllt dros y dynion â'r drylliau, gan wyro a phlymio wrth i'r drylliau ffrwydro oddi tanaf.

'Ydy,' meddai fy mam-gu, 'mae'n rhoi pleser mawr i wrachod Lloegr sefyll 'nôl a gwylio'r oedolion yn lladd eu plant eu hunain.'

'Dw i wir ddim eisiau mynd i Loegr, Mam-gu.'

'Wrth gwrs nad wyt ti,' meddai hi. 'Na finnau chwaith. Ond dw i'n ofni bod rhaid i ni fynd.'

'Ydy'r gwrachod yn wahanol mewn gwahanol wledydd?' gofynnais.

'Yn hollol wahanol,' meddai fy mam-gu. 'Ond dw i ddim yn gwybod llawer am y gwledydd eraill.'

'Dwyt ti ddim hyd yn oed yn gwybod am America?' gofynnais.

'Ddim wir,' ategodd. 'Er i mi glywed bod y gwrachod draw fan 'na'n gallu gwneud i'r oedolion fwyta eu plant eu hunain.'

'Peidiwch â sôn!' gwaeddais. 'O na, Mam-gu! Allai hynny ddim bod yn wir!'

'Dw i ddim yn gwybod a yw e'n wir ai peidio,' meddai hi. 'Dim ond stori dw i wedi'i chlywed yw hi.'

'Ond sut yn y byd gallen nhw wneud iddyn nhw fwyta eu plant eu hunain?'

'Drwy eu troi'n gŵn poeth,' meddai hi. 'Fyddai hynny ddim yn rhy anodd i wrach glyfar.'

'Oes gan bob gwlad yn y byd ei gwrachod ei hun?' gofynnais.

'Ble bynnag y cei di bobl, fe gei di wrachod,' meddai fy mam-gu. 'Mae Cymdeithas Ddirgel y Gwrachod i'w chael ym mhob gwlad.'

'Ac ydyn nhw i gyd yn adnabod ei gilydd, Mam-gu?'

'Nac ydyn,' meddai hi. 'Dim ond y gwrachod yn ei gwlad ei hunan mae gwrach yn eu hadnabod. Does dim hawl ganddi i gyfathrebu â gwrachod tramor o gwbl. Ond fe fydd gwrach o Loegr, er enghraifft, yn adnabod yr holl wrachod eraill yn Lloegr. Maen nhw i gyd yn ffrindiau. Maen nhw'n ffonio ei gilydd. Maen nhw'n cyfnewid ryseitiau marwol. Duw a ŵyr am beth arall maen nhw'n siarad. Dw i'n casáu meddwl am y peth.'

Eisteddais ar y llawr a gwylio fy mam-gu. Rhoddodd fôn ei sigâr yn y blwch llwch a phlethu ei dwylo dros ei stumog. 'Unwaith y flwyddyn,' aeth yn ei blaen, 'mae gwrachod pob gwlad unigol yn cynnal eu cyfarfod cyfrinachol eu hunain. Maen nhw'n dod at ei gilydd mewn un lle i gael darlith gan Brif Uchel Wrach y Byd i Gyd.'

'Gan *bwy*?' llefais.

'Hi yw eu rheolwr nhw i gyd,' meddai fy mam-gu. 'Mae hi'n hollalluog. Does dim trugaredd ganddi. Mae hi'n codi arswyd ar bob gwrach arall. Dim ond unwaith y flwyddyn maen nhw'n ei gweld hi, a hynny yn eu Cyfarfod Blynyddol. Mae hi'n mynd yno i greu cyffro a brwdfrydedd, ac i roi gorchmynion. Mae'r Brif Uchel Wrach yn teithio o wlad i wlad yn mynychu'r Cyfarfodydd Blynyddol hyn.'

'Ble maen nhw'n cael y cyfarfodydd hyn, Mam-gu?'

'Mae pob math o sïon,' atebodd fy mam-gu. 'Dw i wedi clywed sôn eu bod nhw'n cadw lle mewn gwesty fel unrhyw grŵp arall o fenywod sy'n cynnal cyfarfod. Dw i wedi clywed sôn hefyd fod pethau rhyfedd iawn yn digwydd yn y gwestai lle maen nhw'n aros. Mae sôn nad oes neb byth yn cysgu yn y gwelyau, bod marciau llosgi ar garpedi'r ystafelloedd gwely, bod llyffantod yn dod i'r golwg yn y baddonau, ac unwaith, i lawr yn y gegin, fod cogydd wedi dod o hyd i grocodeil bach yn nofio yn ei grochan o gawl.'

Cododd fy mam-gu ei sigâr a phwffian arni eto, gan anadlu'r mwg brwnt yn ddwfn i'w hysgyfaint.

'Ble mae'r Brif Uchel Wrach yn byw pan fydd hi gartref?' gofynnais.

'Does neb yn gwybod,' meddai fy mam-gu. 'Petaen ni'n gwybod hynny, fe fydden ni'n gallu dod o hyd iddi a'i dinistrio. Mae gwrachegwyr ledled y byd wedi treulio'u bywydau'n ceisio dod o hyd i bencadlys cyfrinachol Y Brif Uchel Wrach.'

'Beth yw gwrachegydd, Mam-gu?'

'Person sy'n astudio gwrachod ac sy'n gwybod llawer amdanyn nhw,' meddai fy mam-gu.

'Wyt ti'n wrachegydd, Mam-gu?'

'Gwrachegydd wedi ymddeol ydw i,' meddai hi. 'Dw i'n rhy hen i fod yn weithgar bellach. Ond pan oeddwn i'n iau, roeddwn i'n teithio i bedwar ban y byd yn ceisio dod o hyd i'r Brif Uchel Wrach. Ddes i erioed yn agos ati, hyd yn oed.'

'Ydy hi'n gyfoethog?' gofynnais.

'Mae hi'n graig o arian,' meddai fy mam-gu. 'Yn graig o arian, wir i ti. Yn ôl y sôn, mae peiriant yn ei phencadlys sy'n union fel y peiriant mae'r llywodraeth yn ei ddefnyddio i argraffu'r arian papur rwyt ti a mi'n ei ddefnyddio. Wedi'r cyfan, dim ond darnau o bapur â dyluniadau a lluniau arbennig arnyn nhw yw arian papur. Gall unrhyw un sydd â'r peiriant cywir a'r papur cywir ei wneud e. Dw i'n tybio bod Y Brif Uchel Wrach yn gwneud yr holl arian sydd ei angen arni ac yn ei roi i wrachod ym mhobman.'

'Beth am arian tramor?' gofynnais.

'Mae'r peiriannau 'na'n gallu gwneud arian *Tsieina* os wyt ti eisiau iddyn nhw wneud hynny,' meddai fy mam-gu. 'Dim ond mater o wasgu'r botwm cywir yw e.'

'Ond Mam-gu,' meddwn i, 'os nad oes neb erioed wedi gweld Y Brif Uchel Wrach, sut galli di fod mor siŵr ei bod hi'n bodoli?'

Edrychodd fy mam-gu'n hir a difrifol arnaf. 'Does neb erioed wedi gweld y Diafol,' meddai hi, 'ond ry'n ni'n gwybod ei fod e'n bodoli.'

Y bore canlynol, dyma ni'n hwylio i Loegr a chyn hir roeddwn i 'nôl yn hen gartref y teulu yng Nghaint, ond y tro hwn gyda fy mam-gu'n unig yn gofalu amdanaf. Wedyn dechreuodd Tymor y Pasg a bob dydd o'r wythnos byddwn i'n mynd i'r ysgol ac roedd popeth fel petai wedi mynd 'nôl fel roedd e o'r blaen.

Nawr ar waelod ein gardd ni roedd coeden goncyrs enfawr, a fry uwchben yn ei changhennau roedd Timmy (fy ffrind gorau) a minnau wedi dechrau codi tŷ pen coeden gwych. Dim ond ar y penwythnosau roedden ni'n gallu gweithio arno, ond roedden ni'n dod ymlaen yn dda. Roedden ni wedi dechrau gyda'r llawr; roedden ni wedi'i adeiladu drwy osod ystyllod llydan rhwng dwy gangen go bell oddi wrth ei gilydd a'u hoelio i lawr. O fewn mis, roedden ni wedi gorffen y llawr. Wedyn fe godon ni reilen bren o gwmpas y llawr ac yna dim ond y to oedd ar ôl i'w adeiladu. Y to oedd y darn anodd.

Un prynhawn dydd Sadwrn pan oedd Timmy yn y gwely yn dioddef o'r ffliw, penderfynais ddechrau ar y to ar fy mhen fy hun. Roedd hi'n hyfryd bod i fyny fry yn y goeden goncyrs honno, ar fy mhen fy hunan gyda'r dail ifanc ir yn dod allan ym mhobman o'm cwmpas. Roedd hi fel bod mewn ogof fawr werdd. Ac roedd yr uchder yn gwneud y peth yn arbennig o gyffrous. Roedd fy mam-gu wedi dweud wrthyf y byddwn i'n torri fy nghoes petawn i'n cwympo, a bob tro roeddwn i'n edrych i lawr, rhedai ias ar hyd fy asgwrn cefn.

Roeddwn i wrthi'n gweithio, yn hoelio'r trawst cyntaf ar y to. Yna'n sydyn, o gil fy llygaid, dyma fi'n sylwi ar fenyw'n sefyll yn union oddi tanaf. Roedd hi'n edrych i fyny arnaf ac yn gwenu yn y ffordd fwyaf rhyfedd. Pan fydd y rhan fwyaf o bobl yn gwenu, bydd eu gwefusau'n lledu i'r ochr. Roedd gwefusau'r fenyw hon yn mynd tuag i fyny a thuag i lawr, gan ddangos ei dannedd blaen a chig ei dannedd i gyd. Roedd cig ei dannedd fel cig amrwd.

Mae hi bob amser yn sioc i ddarganfod dy fod ti'n cael dy wylio a thithau'n meddwl dy fod ti ar dy ben dy hun.

A beth oedd y fenyw ryfedd hon yn ei wneud yn ein gardd ni beth bynnag?

Sylwais ei bod hi'n gwisgo het fach ddu a bod menig du ar ei dwylo a bod y menig bron â chyrraedd ei phenelinoedd.

Menig! Roedd hi'n gwisgo *menig!*

Dyma fi'n rhewi i gyd.

'Mae gen i anrheg i ti,' meddai, gan ddal i syllu arnaf, a dal i wenu, a dal i ddangos ei dannedd a chig ei dannedd.

Atebais i ddim.

'Dere i lawr o'r goeden 'na, fachgen bach,' meddai hi, 'ac fe roddaf i ti'r anrheg fwyaf cyffrous a gefaist ti erioed.' Roedd rhyw grygni rhyfedd yn ei llais. Roedd e'n gwneud rhyw fath o sŵn metelaidd, fel petai ei gwddf yn llawn pinnau bawd.

Heb dynnu ei llygaid oddi ar fy wyneb, rhoddodd un o'r dwylo hynny oedd yn gwisgo menig i mewn yn ei phwrs yn araf, araf, a thynnu neidr fach werdd allan. Daliodd hi i fyny er mwyn i mi allu ei gweld.

'Mae hi'n ddof,' meddai.

Dechreuodd y neidr ymdorchi o amgylch bôn ei braich. Roedd hi'n wyrdd llachar.

'Os doi di i lawr,' meddai, 'fe'i rhoddaf i ti.'

O Mam-gu, meddyliais, dere i fy helpu i!

Wedyn dyma fi'n cael panig. Gollyngais y morthwyl a saethu i fyny'r goeden enfawr honno fel mwnci. Arhosais i ddim tan i mi gyrraedd cyn uched ag y gallwn fynd, a dyna lle'r arhosais i, yn crynu gan ofn. Allwn i ddim gweld y fenyw nawr. Roedd haenau ar haenau o ddail rhyngddi hi a minnau.

Arhosais yno am oriau, heb symud gewyn. Dechreuodd hi dywyllu. O'r diwedd, clywais fy mam-gu'n galw fy enw.

'Dw i lan fan hyn,' gwaeddais 'nôl.

'Dere i lawr ar unwaith!' galwodd. 'Mae amser swper wedi hen fynd heibio.'

'Mam-gu!' gwaeddais. 'Ydy'r fenyw 'na wedi mynd?'

'Pa fenyw?' galwodd fy mam-gu 'nôl.

'Y fenyw yn y menig duon!'

Roedd tawelwch oddi tanaf. Tawelwch rhywun oedd wedi synnu gormod i siarad.

'Mam-gu!' gwaeddais eto. *Ydy hi wedi mynd?'*

'Ydy,' atebodd fy mam-gu o'r diwedd. 'Mae hi wedi mynd. Dw i yma, cariad. Fe ofala i amdanat ti. Fe gei di ddod i lawr nawr.'

Dringais i lawr. Roeddwn i'n crynu. Lapiodd fy mam-gu fi yn ei breichiau. 'Dw i wedi gweld gwrach,' meddwn i.

'Dere i mewn i'r tŷ,' meddai hi. 'Fe fyddi di'n iawn gyda mi.'

Arweiniodd hi fi i'r tŷ a rhoi cwpaned o siocled poeth gyda llawer o siwgr ynddo i mi. 'Dwed y cyfan wrtha i,' meddai hi.

Dyma fi'n dweud wrthi.

Erbyn i mi orffen, fy mam-gu oedd yn crynu. Roedd ei hwyneb yn llwyd fel llwch a gwelais hi'n edrych i lawr ar y llaw oedd ganddi heb fys bawd. 'Rwyt ti'n gwybod beth yw ystyr hyn,' meddai hi. 'Ystyr hyn yw fod un ohonyn nhw yn ein hardal ni. O hyn ymlaen dw i ddim am adael i ti gerdded ar dy ben dy hunan i'r ysgol.'

'Wyt ti'n meddwl y gallai hi fod ar fy ôl i'n arbennig?' gofynnais.

'Nac ydw,' meddai. 'Dw i'n amau hynny. Mae un plentyn cystal ag unrhyw un arall i'r creaduriaid yna.'

Does dim rhyfedd i mi ddod yn fachgen bach hynod ymwybodol o wrachod wedi hynny. Petawn i'n digwydd bod ar fy mhen fy hun ar y ffordd ac yn gweld menyw'n gwisgo menig yn dod tuag ataf, byddwn yn sgipio i'r ochr draw. A gan fod y tywydd wedi parhau'n weddol oer gydol y mis hwnnw, roedd bron *pawb* yn gwisgo menig. Ond yn ddigon rhyfedd, welais i mo'r fenyw â'r neidr werdd byth wedyn.

Hi oedd fy ngwrach gyntaf. Ond nid yr un olaf.

Gwyliau'r Haf

Dyma wyliau'r Pasg yn dod a mynd, a dechreuodd Tymor yr Haf yn yr ysgol. Roedd fy mam-gu a minnau eisoes wedi cynllunio i dreulio ein gwyliau haf yn Norwy a phrin roedden ni'n siarad am ddim byd arall bob nos. Roedd hi wedi cadw caban yr un i ni ar y llong o Newcastle i Oslo cyn gynted ag y byddai'r ysgol yn gorffen, ac o Oslo roedd hi'n bwriadu mynd â mi i le roedd hi'n gwybod amdano ar arfordir y de ger Arendal lle roedd hi wedi treulio ei gwyliau haf ei hun yn blentyn, bron i wyth deg mlynedd yn ôl.

'Drwy'r dydd gwyn,' meddai hi, 'fe fyddai fy mrawd a minnau allan yn y cwch rhwyfo. Mae ynysoedd pitw bach ar hyd yr arfordir i gyd a does neb arnyn nhw. Fe fydden ni'n crwydro o gwmpas yr ynysoedd ac yn plymio oddi ar y creigiau gwenithfaen llyfn hyfryd i'r môr. Weithiau, ar y ffordd allan fe fydden ni'n gollwng yr angor ac yn pysgota am benfras ac os bydden ni'n dal unrhyw beth, bydden ni'n gwneud tân ar yr ynys ac yn ffrio'r pysgod mewn padell ffrio i ginio. Does dim pysgodyn mwy blasus yn y byd na phenfras hollol ffres.'

'Beth oeddech chi'n ei ddefnyddio'n abwyd, Mam-gu, pan fyddech chi'n mynd i bysgota?'

'Cregyn gleision,' meddai hi. 'Mae pawb yn defnyddio cregyn gleision yn abwyd yn Norwy. Ac os na fydden ni'n dal unrhyw bysgod, fe fydden ni'n berwi'r cregyn gleision mewn sosban a bwyta'r rheini.'

'Oedden nhw'n dda?'

'Yn hynod o flasus,' meddai hi. 'Coginia nhw mewn heli ac maen nhw'n dyner ac yn hallt.'

'Beth arall fyddet ti'n ei wneud, Mam-gu?'

'Fe fydden ni'n rhwyfo allan a chodi llaw ar y cychod berdys ar eu ffordd adref, ac fe fydden nhw'n stopio ac yn rhoi llond llaw o ferdys yr un i ni. Roedd y berdys yn dal yn gynnes ar ôl cael eu coginio, ac fe fydden ni'n eistedd yn y cwch rhwyfo, yn eu glanhau ac yn eu llowcio nhw bob tamaid. Y pen oedd y darn gorau.'

'Y pen?' meddwn i.

'Rwyt ti'n gwasgu'r pen rhwng dy ddannedd ac yn sugno'r tu mewn. Mae e'n hynod flasus. Fe fyddi di a mi'n gwneud yr holl bethau hyn yr haf yma, 'nghariad i,' meddai hi.

'Mam-gu,' meddwn i, 'alla i ddim aros. Alla i ddim aros cyn mynd.'

'Na minnau chwaith,' meddai hi.

Pan oedd tair wythnos yn unig o Dymor yr Haf ar ôl, digwyddodd rhywbeth ofnadwy. Cafodd fy mam-gu niwmonia. Roedd hi'n sâl iawn, a symudodd nyrs wedi'i hyfforddi i'r tŷ i ofalu amdani. Eglurodd y meddyg i mi nad yw niwmonia'n salwch peryglus y dyddiau hyn oherwydd penicillin, ond pan fydd rhywun dros wyth deg oed, fel roedd fy mam-gu, yna mae'n beryglus dros ben. Dywedodd nad oedd e hyd yn oed yn mentro ei symud hi i'r ysbyty yn y cyflwr hwnnw, felly arhosodd hi yn ei hystafell wely ac arhosais innau y tu allan i'r drws tra oedd silindrau ocsigen a phob math o bethau brawychus eraill yn cael eu cario i mewn ati.

'Gaf i fynd i mewn i'w gweld hi?' gofynnais.

'Na chei, cariad,' meddai'r nyrs. 'Ddim ar hyn o bryd.'

Dyma fenyw dew a llawen o'r enw Mrs Spring, a oedd yn arfer dod i lanhau ein tŷ ni bob dydd, yn symud i mewn hefyd ac yn cysgu yn y tŷ. Roedd Mrs Sbring yn gofalu amdanaf ac yn coginio fy mhrydau bwyd. Roeddwn i'n ei hoffi hi'n fawr iawn, ond doedd hi ddim hanner cystal â Mam-gu am adrodd storïau.

Un noson, tua deng niwrnod yn ddiweddarach, daeth y meddyg i lawr y grisiau a dweud wrthyf, 'Fe gei di fynd i mewn i'w gweld hi nawr, ond dim ond am gyfnod byr. Mae hi wedi bod yn holi amdanat ti.'

Dyma fi'n hedfan i fyny'r grisiau ac yn rhuthro i mewn i ystafell fy mam-gu a thaflu fy hun i'w breich-iau.

'Hei nawr,' meddai'r nyrs. 'Bydd yn ofalus gyda hi.'

'Fyddi di'n iawn nawr, Mam-gu?' gofynnais.

'Mae'r gwaethaf drosodd,' meddai hi. 'Fe fydda i ar fy nhraed cyn pen dim.'

'Fydd hi?' meddwn i wrth y nyrs.

'O bydd,' atebodd y nyrs, a gwenu. 'Fe ddywedodd wrtha i fod rhaid iddi wella achos bod rhaid iddi ofalu amdanat ti.'

Rhoddais gwtsh arall iddi.

'Dydyn nhw ddim yn gadael i mi gael sigâr,' meddai hi. 'Ond aros di nes byddan nhw wedi mynd.'

'Mae hi'n fenyw a hanner,' meddai'r nyrs. 'Fe fydd hi ar ei thraed ymhen wythnos arall.'

Roedd y nyrs yn iawn. Cyn pen wythnos, roedd fy mam-gu'n cerdded yn drwm o gwmpas y tŷ gyda'i ffon a bwlyn aur arni, ac yn gwthio ei phig i goginio Mrs Spring. 'Diolch yn fawr i chi am eich holl help, Mrs Spring,' meddai hi, 'ond fe gewch chi fynd adref nawr.'

'Na allaf ddim,' meddai Mrs Spring. 'Mae'r meddyg wedi dweud wrtha i am wneud yn siŵr nad y'ch chi'n gwneud gormod dros yr ychydig ddyddiau nesaf.'

Dywedodd y meddyg fwy na hynny. Gollyngodd daranfollt ar fy mam-gu a minnau drwy ddweud nad oedden ni i fentro ar y daith i Norwy'r haf yma ar unrhyw gyfrif.

'Dwli pur!' gwaeddodd fy mam-gu. 'Dw i wedi addo iddo fe y byddwn ni'n mynd!'

'Mae e'n rhy bell,' meddai'r meddyg. 'Fe fyddai'n beryglus iawn. Ond fe ddyweda i wrthoch chi beth *allwch* chi ei wneud. Fe allwch chi fynd â'ch ŵyr i westy braf ar arfordir de Lloegr yn lle hynny. Awel y môr yw'r union beth sydd ei angen arnoch chi.'

'O na!' meddwn i.

'Wyt ti eisiau i dy fam-gu farw?' gofynnodd y meddyg i mi.

'Dim o gwbl!' meddwn i.

'Wel paid â gadael iddi fynd ar daith hir yr haf 'ma 'te. Dyw hi ddim yn ddigon cryf eto. A stopia hi rhag ysmygu'r hen sigârs du ffiaidd 'na.'

Yn y diwedd, cafodd y meddyg ei ffordd gyda'r gwyliau, ond nid gyda'r sigârs. Cafodd ystafelloedd eu cadw i ni mewn lle o'r enw Hotel Magnificent yn nhref glan môr enwog Bournemouth. Roedd Bournemouth, meddai fy mam-gu wrtha i, yn llawn o hen bobl fel hi. Roedden nhw'n ymddeol yno yn eu miloedd achos bod yr awel mor ffres ac iach. Roedden nhw'n credu ei bod hi'n eu cadw nhw'n fyw am ychydig o flynyddoedd ychwanegol.

'Ydy hi?' gofynnais.

'Wrth gwrs nad ydy hi,' meddai hi. 'Ffwlbri yw e. Ond am unwaith dw i'n credu bod rhaid i ni ufuddhau i'r meddyg.'

Yn fuan wedi hynny, aeth fy mam-gu a minnau ar y trên i Bournemouth ac ymgartrefu yn Hotel Magnificent. Adeilad gwyn anferth ar lan y môr oedd e ac i mi roedd yn edrych yn lle digon diflas i dreulio gwyliau haf ynddo. Roedd gen i ystafell wely ar wahân, ond roedd drws yn cysylltu fy ystafell i ag ystafell fy mam-gu fel y gallen ni ymweld â'n gilydd heb fynd allan i'r coridor.

Yn union cyn i ni adael am Bourne-mouth, roedd fy mam-gu wedi rhoi anrheg i mi, fel rhywbeth i'm cysuro, sef dwy lygoden fach mewn caets bach ac wrth gwrs es i â nhw gyda mi. Roedden nhw'n hwyl a hanner, y llygod 'na. Galwais nhw'n William a Mary, ac yn y gwesty dyma fi'n mynd ati'n syth i'w dysgu nhw i wneud triciau. Y tric cyntaf ddysgais iddyn nhw oedd cropian i fyny llawes fy siaced a dod allan wrth fy ysgwydd.

Wedyn dysgais nhw i ddringo fy mhen o'r gwegil i'r corun. Fe wnes i hyn drwy roi briwsion teisen yn fy ngwallt.

Y bore cyntaf ar ôl i ni gyrraedd, roedd y forwyn yn gwneud fy ngwely pan wthiodd un o'r llygod ei phen allan o dan y cynfasau. Rhoddodd y forwyn sgrech a achosodd i ddwsin o bobl redeg i weld pwy oedd yn cael ei lofruddio. Dywedodd rhywun wrth y Rheolwr amdanaf i. Wedyn bu golygfa annifyr yn swyddfa'r Rheolwr gyda'r Rheolwr, fy mam-gu a minnau.

Dyn pigog mewn côt gynffon fain ddu oedd y Rheolwr, sef Mr Stringer. 'Alla i ddim caniatáu llygod yn fy ngwesty i, madam,' meddai wrth fy mam-gu.

'Rhag eich cywilydd chi'n dweud hynny a'ch hen westy chi'n llawn llygod mawr beth bynnag!' gwaedd-odd fy mam-gu.

'Llygod mawr!' gwaeddodd Mr Stringer, a'i wyneb yn

troi'n borffor. 'Does dim llygod mawr yn y gwesty hwn!'

'Fe welais i un y bore 'ma,' meddai fy mam-gu. 'Roedd hi'n rhedeg i lawr y coridor i'r gegin!'

'Dyw hynny ddim yn wir!' gwaeddodd Mr Stringer.

'Mae'n well i chi alw am y daliwr llygod mawr ar unwaith,' meddai fy mam-gu, 'cyn i mi roi gwybod i'r Awdurdod Iechyd Cyhoeddus amdanoch chi. Mae'n siŵr fod llygod mawr yn sgrialu dros lawr y gegin ac yn dwyn bwyd oddi ar y silffoedd ac yn neidio i mewn ac allan o'r cawl!'

'Byth!' gwaeddodd Mr Stringer.

'Dim rhyfedd fod ymylon fy nhost wedi'i gnoi i gyd amser brecwast y bore 'ma,' aeth fy mam-gu yn ei blaen yn ddidrugaredd. 'Dim rhyfedd fod hen flas llygod mawr arno fe. Os nad ydych chi'n ofalus, bydd y bobl Iechyd yn gorchymyn i'r gwesty i gyd gael ei gau cyn i bawb ddal twymyn teiffoid.'

'Dydych chi ddim o ddifrif, madam,' meddai Mr Stringer.

'Fues i erioed yn fwy o ddifrif yn fy myw,' meddai fy mam-gu. 'Ydych chi'n mynd i adael i'm hŵyr gadw ei lygod gwyn yn ei ystafell ai peidio?'

Gwyddai'r Rheolwr ei fod wedi'i lorio. 'Gaf i awgrymu cyfaddawd, madam?' meddai. 'Fe gaiff eu cadw nhw yn ei ystafell ond iddyn nhw beidio â chael eu gollwng o'r caets byth. Beth am hynny?'

'Bydd hynny'n ein siwtio ni i'r dim,' meddai fy mam-gu, a dyma hi'n codi ar ei thraed a martsio allan o'r ystafell a minnau'n ei dilyn.

Mae'n amhosibl hyfforddi llygod mewn caets. Ond allwn i ddim mentro eu gadael nhw allan achos roedd y forwyn ystafell yn fy ngwylio drwy'r amser. Roedd ganddi allwedd i'm hystafell ac roedd hi'n dod i mewn bob awr o'r dydd, yn ceisio fy nal â'r llygod allan o'r caets. Dywedodd hi wrtha i y byddai'r llygoden gyntaf i ddorri'r rheolau'n cael ei boddi gan y porthor mewn bwced o ddŵr.

Penderfynais chwilio am rywle saffach lle gallwn barhau â'r hyfforddiant. Rhaid bod ystafell wag yn y gwesty anferth yma. Rhoddais un llygoden ym mhob poced a chrwydrais i lawr y grisiau i chwilio am le cyfrinachol.

Roedd llawr gwaelod y gwesty'n ddrysfa o ystafell-
oedd cyhoeddus, ac enwau pob un ohonynt mewn
llythrennau aur ar y drysau. Crwydrais drwy 'Y Lolfa',
'Yr Ystafell Ysmygu', 'Yr Ystafell Gardiau', 'Yr Ystafell
Ddarllen' ac yna 'Y Parlwr'. Doedd dim un yn wag.
Dyma fi'n mynd ar hyd coridor llydan hir ac ar ben y
coridor dyma fi'n dod at 'Yr Ystafell Ddawnsio'. Roedd
drysau dwbl yn arwain iddi, ac o flaen y drysau roedd
hysbysfwrdd mawr ar stand. Roedd yr hysbyseb ar y
bwrdd yn dweud,

CYFARFOD CFACB

HOLLOL BREIFAT
MAE'R YSTAFELL HON WEDI'I CHADW
AR GYFER
CYFARFOD BLYNYDDOL
Y GYMDEITHAS FRENHINOL
ER ATAL
CREULONDEB I BLANT

Roedd y drysau dwbl i'r ystafell ar agor. Syllais i mewn.
Roedd hi'n ystafell anferthol. Roedd rhesi a rhesi o
gadeiriau, i gyd yn wynebu llwyfan. Roedd y cadeiriau
wedi'u peintio'n aur ac roedd clustogau bach coch ar y
seddi. Ond doedd dim enaid byw i'w weld.
Sleifiais yn wyliadwrus i mewn i'r ystafell. Dyna le
tawel cyfrinachol hyfryd oedd e. Rhaid bod cyfarfod y
Gymdeithas Frenhinol er Atal Creulondeb i Blant wedi

digwydd yn gynharach yn y dydd, a nawr roedden nhw i gyd wedi mynd adre. Hyd yn oed os nad oedden nhw, hyd yn oed petaen nhw i gyd *yn* llifo i mewn yn gyflym, pobl hyfryd a charedig fydden nhw a fyddai'n edrych yn ffafriol ar hyfforddwr llygod bach wrth ei waith.

Yng nghefn yr ystafell roedd sgrin fawr y gellid ei phlygu a dreigiau Tsieiniaidd wedi'u peintio drosti. Er mwyn bod yn ddiogel penderfynais fynd y tu ôl i'r sgrin hon a gwneud fy ngwaith hyfforddi yno. Doedd dim ofn y bobl Atal Creulondeb i Blant arnaf o gwbl, ond roedd hi'n bosibl y gallai Mr Stringer, y Rheolwr, roi ei ben drwy'r drws. Petai'n gwneud hynny a phetai'n gweld y llygod, byddai'r trueiniaid ym mwced dŵr y porthor cyn i mi weiddi stopiwch.

Cerddais ar flaenau fy nhraed i gefn yr ystafell a gwneud fy hunan yn gartrefol ar y carped gwyrdd trwchus y tu ôl i'r sgrin fawr. Dyna le gwych oedd hwn! Delfrydol i hyfforddi llygod! Tynnais William a Mary allan o bocedi fy nhrowsus. Dyma'r ddau yn eistedd wrth fy ymyl ar y carped, yn dawel ac yn ufudd.

Cerdded ar raff oedd y tric roeddwn i'n mynd i'w ddysgu iddyn nhw heddiw. Dyw hi ddim mor anodd â hynny i hyfforddi llygoden ddeallus i ddod yn arbenigwr ar gerdded rhaff os wyt ti'n gwybod yn union sut mae mynd ati. Yn gyntaf, rhaid i ti gael darn o linyn. Roedd darn gen i. Wedyn rhaid cael teisen dda. Teisen gwrens dda yw hoff fwyd llygod gwynion. Maen nhw'n dwlu arni. Roeddwn i wedi dod â theisen arw roeddwn wedi'i rhoi yn fy mhoced wrth gael te gyda Mam-gu y diwrnod blaenorol.

Nawr dyma'r hyn rwyt ti'n ei wneud. Rwyt ti'n tynnu'r llinyn yn dynn rhwng dy ddwy law, ond rwyt ti'n dechrau drwy ei gadw'n fyr iawn, tua thair modfedd yn unig. Rwyt ti'n rhoi'r llygoden ar dy law dde, a'r darn bach o deisen ar dy law chwith. Felly dim ond tair modfedd sydd rhwng y llygoden a'r gacen. Mae'r llygoden yn gallu ei gweld hi a'i harogli hi. Mae ei hwisgers yn crynu gan gyffro. Mae hi bron â gallu cyrraedd y deisen drwy bwyso ymlaen, ond ddim yn hollol. Dau gam yn unig mae'n rhaid iddi eu cymryd ar hyd y llinyn i gyrraedd y darn bach blasus yma. Mae hi'n mentro yn ei blaen, un bawen ar y llinyn, yna'r llall. Os oes gan y llygoden synnwyr cydbwysedd da, ac mae gan y rhan fwyaf ohonyn nhw, bydd hi'n croesi draw'n rhwydd. Dechreuais hyfforddi William. Cerddodd ar hyd y llinyn heb oedi am eiliad. Gadewais iddo gnoi'r deisen yn gyflym er mwyn iddo gael blas arni. Wedyn rhoddais ef 'nôl ar fy llaw dde.

Y tro hwn gwnes y llinyn yn hirach, yn rhyw chwe modfedd. Roedd William yn gwybod beth i'w wneud nawr. Gan gydbwyso'n wych, cerddodd gam wrth gam ar hyd y llinyn tan iddo gyrraedd y gacen. Eto, cafodd gnoi'r deisen yn wobr.

Yn fuan iawn, roedd William yn cerdded rhaff (neu linyn eithaf tyn) bedair modfedd ar hugain o hyd o un llaw i'r llall er mwyn cyrraedd y deisen. Roedd hi'n wych ei wylio fe. Roedd e'n wirioneddol wrth ei fodd. Roeddwn i'n gofalu fy mod i'n dal y llinyn yn agos at y carped fel na fyddai'n bell iddo gwympo petai'n colli ei gydbwysedd. Ond chwympodd e ddim o gwbl. Roedd

William yn amlwg yn acrobat naturiol, yn llygoden wych am gerdded rhaff.

Tro Mary oedd hi nawr. Rhoddais William ar y carped wrth fy ymyl a rhoi gwobr o ychydig friwsion ychwanegol iddo. Wedyn dechreuais wneud yr un peth eto gyda Mary. Fy uchelgais mawr, ti'n gweld, breuddwyd fy mreuddwydion, oedd dod yn berchennog Syrcas Llygod Gwynion ryw ddiwrnod. Byddai gen i lwyfan bach gyda llenni coch o'i flaen, a phan fyddai'r llenni'n cael eu hagor, byddai'r gynulleidfa'n gweld fy llygod perfformio byd enwog yn cerdded ar raffau, yn hongian o'r trapîs, yn trosbennu yn yr awyr, yn bownsio ar drampolinau a phopeth. Byddai gen i lygod gwyn yn marchogaeth llygod mawr gwyn, a byddai'r llygod mawr yn carlamu'n ffyrnig o gwmpas y llwyfan. Roeddwn i'n dechrau fy nychmygu fy hunan yn teithio dosbarth cyntaf i bedwar ban y byd gyda fy Syrcas Llygod Gwyn Enwog ac yn perfformio gerbron pob brenin a brenhines yn Ewrop.

Roeddwn tua hanner ffordd drwy hyfforddiant Mary pan glywais leisiau'n sydyn y tu allan i ddrws yr Ystafell Ddawnsio. Aeth y sŵn yn uwch. Chwyddodd yn don fawr o siarad o lawer o yddfau. Dyma fi'n adnabod llais Rheolwr ofnadwy'r gwesty, Mr Stringer.

Help, meddyliais.

Ond diolch byth am y sgrin enfawr.

Arhosais yn fy nghwrcwd y tu ôl iddi a syllu drwy'r hollt rhwng dau o'r darnau oedd yn plygu. Gallwn weld hyd a lled yr Ystafell Ddawnsio i gyd heb i neb fy ngweld i.

'Wel, foneddigesau, dw i'n siŵr y byddwch chi'n ddigon cyfforddus fan hyn,' meddai llais Mr Stringer. Wedyn dyma fe'n martsio i mewn drwy'r drysau dwbl, a'i gôt gynffon fain a phob dim, gan agor ei freichiau ar led wrth iddo dywys haid fawr o fenywod i mewn. 'Os oes unrhyw beth y gallwn ni ei wneud i chi, rhowch wybod i mi, da chi,' aeth yn ei flaen. 'Bydd te'n cael ei weini i chi i gyd ar Deras yr Heulwen ar ôl i chi orffen y cyfarfod.' Ar hynny, ymgrymodd a chrafodd ei ffordd allan o'r ystafell wrth i yrr mawr o wragedd o'r Gymdeithas Frenhinol er Atal Creulondeb i Blant lifo i mewn. Roedden nhw'n gwisgo dillad hardd ac roedd ganddynt i gyd hetiau ar eu pennau.

Y Cyfarfod

Gan fod y Rheolwr wedi mynd, doeddwn i ddim yn poeni llawer. Beth oedd yn well na chael fy ngharcharu mewn ystafell yn llawn o'r gwragedd gwych yma? Petawn i'n dechrau siarad â nhw, gallwn hyd yn oed awgrymu eu bod nhw'n dod i wneud ychydig o atal creulondeb i blant yn fy ysgol i. Yn sicr gallen nhw fod o ddefnydd i ni yno.

Dyma nhw'n dod i mewn, yn siarad fel melin bupur. Dechreuon nhw symud o gwmpas a dewis eu seddi, ac roedd llawer o siarad fel, 'Tyrd i eistedd wrth fy ymyl i, Millie annwyl,' ac 'O, hel-ô, Beatrice! Dw i ddim wedi dy weld di ers y cyfarfod diwethaf! Dyna ffrog hyfryd sydd amdanat ti!'

Penderfynais aros lle roeddwn i a gadael iddynt barhau â'u cyfarfod tra oeddwn i'n parhau i hyfforddi'r llygod. Ond gwyliais nhw am ychydig eto drwy'r hollt yn y sgrin, gan aros iddynt wneud eu hunain yn gysurus. Sawl un oedd yno? Tua dau gant, ro'n i'n tybio. Y rhesi cefn lenwodd gyntaf. Roedd pawb fel petaen nhw eisiau eistedd cyn belled â phosibl o'r llwyfan.

Roedd menyw'n gwisgo het bitw werdd yng nghanol y rhes gefn oedd yn crafu ei gwegil o hyd. Doedd hi ddim yn gadael llonydd iddo. Roeddwn i wedi fy swyno gan y ffordd roedd ei bysedd yn dal ati i grafu'r gwallt ar ei gwegil. Petai hi'n gwybod bod rhywun yn ei gwylio o'r tu ôl, dw i'n siŵr y byddai hi'n teimlo embaras mawr. Meddyliais tybed a oedd cen ar ei phen hi. Yn sydyn reit, sylweddolais fod y fenyw nesaf ati'n gwneud yr un peth!

A'r un nesaf!

A'r un nesaf!

Roedd pob un ohonyn nhw wrthi. Roedden nhw i gyd wrthi fel yr andros yn crafu'r gwallt ar eu gwegil!

Oedd ganddyn nhw chwain yn eu gwallt?

Roedd hi'n fwy tebygol mai llau oedden nhw.

Roedd bachgen yn yr ysgol o'r enw Ashton wedi bod â llau yn ei wallt y tymor diwethaf ac roedd y fetron wedi gwneud iddo roi ei ben mewn tyrpant. Cafodd y llau eu lladd, do, ond bu bron i Ashton gael ei ladd hefyd. Daeth hanner croen ei ben i ffwrdd.

Dechreuais ryfeddu at y menywod yma oedd yn crafu eu gwalltiau. Mae hi bob amser yn ddoniol pan fyddwch chi'n dal rhywun yn gwneud rhywbeth aflednais a hithau'n meddwl nad oes neb yn gwylio. Pigo ei thrwyn, er enghraifft, neu grafu ei phen-ôl. Mae crafu'r gwallt bron iawn mor annymunol, yn enwedig os yw hi'n dal ati o hyd ac o hyd.

Penderfynais mai llau oedd ganddi, siŵr o fod.

Wedyn digwyddodd y peth mwyaf hynod. Gwelais un fenyw'n gwthio ei bysedd i fyny *o dan* y gwallt ar ei phen, a dyma'r gwallt, *y llond pen o wallt*, yn codi i fyny'n un darn, a dyma'r llaw'n llithro o dan y gwallt ac yn dal ati i grafu!

Roedd hi'n gwisgo wig! Roedd hi hefyd yn gwisgo menig! Edrychais o gwmpas yn gyflym ar weddill y gynulleidfa a oedd yn eistedd erbyn hyn. *Roedd pob un ohonyn nhw'n gwisgo menig!*

Rhewodd fy ngwaed. Dechreuais grynu i gyd. Edrychais yn wyllt y tu ôl i mi am ddrws cefn i ddianc drwyddo. Doedd dim un.

A ddylwn i neidio allan o'r tu ôl i'r sgrin a gwibio tuag at y drysau dwbl?

Roedd y drysau dwbl wedi'u cau yn barod a gallwn weld menyw'n sefyll o'u blaenau. Roedd hi'n plygu ymlaen ac yn gosod rhyw fath o gadwyn fetel o gwmpas dolenni'r ddau ddrws.

Aros yn llonydd, meddwn i wrthyf fy hunan. Does neb wedi dy weld di eto. Does dim rheswm yn y byd pam dylen nhw ddod i edrych y tu ôl i'r sgrin. Ond un cam gwag, un pesychiad, un tisiad, un chwythiad trwyn, un sŵn bach o unrhyw fath ac nid un wrach yn unig fydd yn dy gael di, ond dau gant!

Bryd hynny, dw i'n credu i mi lewygu. Roedd y cyfan yn llawer gormod i fachgen bach ymdopi ag e. Ond dw i ddim yn credu fy mod i'n anymwybodol am fwy nag ychydig eiliadau, a phan ddes ataf fy hun, roeddwn i'n gorwedd ar y carped a, diolch byth, yn dal y tu ôl i'r sgrin. Roedd hi'n hollol dawel o'm cwmpas.

Braidd yn sigledig, codais ar fy mhengliniau a syllu unwaith eto drwy'r hollt yn y sgrin.

Wedi'i Ffrio Fel Ffeuen

Roedd y menywod i gyd, neu'r gwrachod yn hytrach, yn eistedd yn llonydd yn eu cadeiriau ac yn syllu fel petaen nhw wedi'u hypnoteiddio ar rywun oedd wedi ymddangos yn sydyn ar y llwyfan. Menyw arall oedd y rhywun hwnnw.

Y peth cyntaf y sylwais arno am y fenyw hon oedd ei maint. Roedd hi'n bitw fach, yn ddim mwy na phedair troedfedd a hanner o daldra, mae'n debyg. Roedd hi'n edrych yn eithaf ifanc, fe fyddwn i'n tybio ei bod hi tua dau ddeg pump neu ddau ddeg chwech, ac roedd hi'n hardd iawn. Amdani roedd ffrog hir ddu eithaf chwaethus oedd yn cyrraedd y llawr, ac roedd hi'n gwisgo menig du oedd yn cyrraedd ei phenelinoedd. Yn wahanol i'r lleill, doedd hi ddim yn gwisgo het.

Doedd hi ddim yn edrych fel gwrach o gwbl i mi, ond allai hi byth â *pheidio* bod yn un. Fel arall beth yn y byd roedd hi'n ei wneud i fyny ar y llwyfan? A pham, er mwyn y nefoedd, roedd y gwrachod eraill yn syllu arni â'r fath gymysgedd o addoliad, parchedig ofn a dychryn?

Yn araf iawn, cododd y fenyw ifanc ar y llwyfan ei dwylo at ei hwyneb. Gwelais ei bysedd yn y menig yn dadfachu rhywbeth y tu ôl i'w chlustiau, ac yna . . . yna cydiodd yn ei bochau a chodi ei hwyneb i ffwrdd yn grwn! Cododd yr wyneb hardd cyfan hwnnw yn ei dwylo!

Masg oedd e!

Wrth iddi dynnu'r masg, trodd i'r ochr a'i osod yn ofalus ar fwrdd bach gerllaw. Pan drodd hi unwaith eto a'n hwynebu ni, bu bron iawn i mi sgrechian yn uchel.

Ei hwyneb hi oedd y peth mwyaf ofnadwy a dychrynllyd dw i erioed wedi'i weld. Wrth wneud dim ond edrych arno, roeddwn i'n crynu i gyd. Roedd e mor grychlyd a chrebachlyd, wedi crebachu a chrychu cymaint, roedd e'n edrych fel petai wedi cael ei biclo mewn finegr. Dyna olygfa frawychus ac erchyll. Roedd rhywbeth ofnadwy'n bod arno, rhywbeth ffiaidd a phwdr ac wedi mynd yn ddrwg. Roedd fel petai'n pydru'n llythrennol ar yr ymylon, ac yng nghanol yr wyneb, o gwmpas y geg a'r bochau, gallwn weld y croen yn gancrog a madreddog, fel petai cynrhon wrthi'n gweithio ynddo.

Mae adegau pan fydd rhywbeth mor frawychus, nes dy fod yn cael dy swyno ganddo a dwyt ti ddim yn gallu edrych i unman arall. Dyna fel roeddwn i nawr. Roeddwn i wedi delwi. Doeddwn i'n teimlo dim. Roeddwn i wedi cael fy nenu gan erchylltra wyneb y fenyw hon. Ond roedd mwy na hynny. Roedd golwg sarff yn ei llygaid wrth iddynt fflachio o gwmpas y gynulleidfa.

Roeddwn i'n gwybod yn syth, wrth gwrs, mai hon oedd neb llai na'r Brif Uchel Wrach ei hun. Roeddwn i hefyd yn gwybod pam roedd hi wedi gwisgo masg. Allai hi fyth fod wedi gallu symud o gwmpas yn gyhoeddus, heb sôn am ddod i westy, gyda'i hwyneb go iawn. Byddai pawb oedd yn ei gweld wedi rhedeg i ffwrdd dan sgrechian.

'Y drysau!' gwaeddodd Y Brif Uchel Wrach â llais a lenwodd yr ystafell ac atseinio o gwmpas y waliau. 'Ydyn nhw wedi'u cadwyno a'u bolltio?'

'Mae'r drysau wedi'u cadwyno a'u bolltio, Eich Uchelder,' atebodd llais yn y gynulleidfa.

Dyma'r llygaid sarff disglair a oedd mor ddwfn yn yr wyneb madreddog pwdr ofnadwy hwnnw yn syllu'n ddigyffro ar y gwrachod a eisteddai yn ei hwynebu. 'Rrrwy'n rrrhoi caniatâd i chi dynnu eich menig!' gwaeddodd.

Roedd i'w llais, sylwais, yr un tinc metelaidd caled â llais y wrach roeddwn i wedi cwrdd â hi o dan y goeden goncyrs, ond roedd yn uwch o lawer ac yn llawer llawer mwy garw. Roedd e'n gras. Roedd e'n crafu. Roedd e'n sgriffian. Roedd e'n rhygnu. Roedd e'n gwichian. Ac roedd e'n chwyrnu.

Roedd pawb yn yr ystafell yn tynnu eu menig. Roeddwn i'n gwylio dwylo'r rhai yn y rhes gefn. Roeddwn i'n awchu am weld sut olwg oedd ar eu bysedd ac a oedd fy mam-gu wedi bod yn iawn. A! . . . Oedd! . . .

Gallwn weld nifer ohonyn nhw nawr! Gallwn weld y crafangau brown yn cyrlio dros flaenau'r bysedd! Roedden nhw tua dwy fodfedd o hyd, y crafangau yna, a'u blaenau'n finiog!

'Rrrwy'n rrrhoi caniatâd i chi dynnu eich esgidiau!' cyfarthodd Y Brif Uchel Wrach.

Clywais bob gwrach yn yr ystafell yn rhoi ochenaid o ryddhad wrth iddyn nhw gicio eu hesgidiau cul sodlau uchel i ffwrdd. Ac yna cefais gip o dan y cadeiriau ar sawl pâr o draed mewn sanau, yn sgwâr a heb fysedd traed o gwbl. Roedden nhw'n ffiaidd, fel petai'r bysedd traed wedi cael eu torri i ffwrdd o'r traed â chyllell gig.

'Rrrwy'n rrrhoi caniatâd i chi dynnu eich gfalltiau!' chwyrnodd Y Brif Uchel Wrach. Roedd hi'n siarad mewn ffordd ryfedd. Roedd rhyw fath o acen dramor ganddi, acen arw a gyddfol, ac roedd hi'n ei chael hi'n anodd ynganu'r llythyren 'w'. Yn ogystal roedd hi'n

gwneud rhywbeth od â'r llythyren 'r'. Roedd hi'n ei rholio o gwmpas yn ei cheg fel darn o groen mochyn poeth cyn ei phoeri allan. 'Tynnwch eich figiau errr mwyn i groen smotiog eich pennau gael afyr iach!' gwaeddodd, a rhoddodd y gynulleidfa ochenaid arall o ryddhad wrth i'r dwylo i gyd godi i'w pennau ac i'r wigiau i gyd gael eu tynnu (a'r hetiau'n dal arnyn nhw).

Nawr ymddangosodd o'm blaen res ar ôl rhes o bennau menywod moel, môr o bennau noeth, pob un ohonynt yn goch ac yn goslyd yr olwg ar ôl cael eu rhwbio gan leinin y wigiau. Alla i ddim dweud wrthot ti pa mor ofnadwy oedden nhw, a rywsut roedd yr holl olygfa'n fwy grotésg oherwydd, o dan y pennau moel crachlyd yna, roedd y cyrff wedi'u gwisgo mewn dillad ffasiynol ac eithaf pert. Roedd e'n wrthun. Roedd e'n annaturiol.

O'r nefoedd, meddyliais. O, help! O Dduw, tosturia wrthyf! Llofruddiwr plant yw pob un o'r menywod moel ffiaidd yma, a dyma fi wedi fy ngharcharu yn yr un ystafell ac ni allaf dianc.

Ar hynny, dyma syniad newydd a dwywaith mwy brawychus yn fy nharo. Roedd fy mam-gu wedi dweud eu bod nhw'n gallu ffroeni plentyn yr ochr draw i'r ffordd ar noson bygddu. Hyd yma, roedd fy mam-gu wedi bod yn iawn bob tro. Felly roedd hi'n ymddangos yn sicr y byddai un o'r gwrachod yn y rhes gefn yn fy ffroeni unrhyw eiliad ac yna byddai'r waedd 'Baw ci!' yn codi dros yr ystafell i gyd a byddwn i'n cael fy nghornelu fel llygoden fawr.

Penliniais ar y carped y tu ôl i'r sgrin, a phrin y gallwn anadlu.

Yna'n sydyn cofiais rywbeth arall pwysig iawn roedd fy mam-gu wedi'i ddweud wrthyf. 'Po fwyaf budr wyt ti,' roedd hi wedi'i ddweud, 'anoddaf yw hi i wrach dy ffroeni di.'

Pryd oeddwn i wedi cael bath ddiwethaf?

Ddim ers oesoedd. Roedd gen i ystafell fy hun yn y gwesty a doedd fy mam-gu byth yn ffwdanu gyda phethau dwl fel yna. Erbyn meddwl, dw i ddim yn credu i mi gael bath ers i ni gyrraedd.

Pryd roeddwn i wedi golchi fy nwylo neu fy wyneb ddiwethaf?

Ddim y bore 'ma, yn sicr.

Ddim ddoe chwaith.

Edrychais i lawr ar fy nwylo. Roedden nhw'n faw ac yn llaid ac yn anodd gwybod beth i gyd.

Felly efallai bod gobaith i mi eto. Allai'r tonnau drewllyd byth ddianc drwy'r holl faw yna.

'Frrrachod Lloegrrr!' gwaeddodd Y Brif Uchel Wrach. Sylwais nad oedd hi wedi tynnu ei wig na'i menig na'i hesgidiau. 'Frrachod Lloegrrr!' bloeddiodd.

Symudodd y gynulleidfa'n anesmwyth ac eistedd i fyny'n sythach yn eu cadeiriau.

'Frrachod truenus!' bloeddiodd. 'Frrachod diog da i ddim! Frrachod gfan difrrrifol! Cynrrhon diog diferrth ydych chi!'

Aeth ias drwy'r gynulleidfa. Roedd hi'n amlwg fod hwyl wael ar Y Brif Uchel Wrach ac roedden nhw'n gwybod hynny. Roedd gen i deimlad fod rhywbeth ofnadwy'n mynd i ddigwydd cyn bo hir.

'Dw i'n cael fy mrrrecfast y borrre 'ma,' gwaeddodd Y Brif Uchel Wrach, 'a dw i'n edrrrych allan o'rrr ffenest ar y trrraeth, a beth dw i'n ei feld? Dw i'n gofyn i chi, *beth dw i'n ei feld*? Dw i'n gfeld golygfa ffiaidd! Dw i'n gfeld cannoedd, dw i'n gfeld *miloedd* o blant bach ycha-fi ac atgas yn chfarae arrr y tyfod! Mae e'n gfneud i mi beidio bod eisiau bwyta! *Pam nad ydych chi fedi cael gfarrred arnyn nhw?*' sgrechiodd. 'Pam nad ydych chi fedi eu gfarrredu nhw i gyd, y plant drrrefllyd ffiaidd yma?'

Gyda phob gair, tasgai darnau o boer glas golau o'i cheg fel bwledi bychain.

'Dw i'n gofyn i chi, *pam?*' sgrechiodd.

Atebodd neb ei chwestiwn.

'Mae plant yn drrrefi!' sgrechiodd. 'Maen nhw'n drrrewi'rrr byd i gyd. Dy'n ni ddim eisiau'rrr holl blant yna fan hyn!'

Nodiodd y pennau moel yn y gynulleidfa'n frwd.

'Dyw un plentyn yrr wythnos yn dda i ddim i mi!' gwaeddodd Y Brif Uchel Wrach. 'Ai dyna'r gorau y gallwch chi ei fneud?'

'Fe wnawn ni'n well na hynny,' mwmianodd y gynulleidfa. 'Fe wnawn ni'n llawer gwell.'

'Dyw gwell yn dda i ddim chwaith!' gwichiodd Y Brif Uchel Wrach. 'Dw i'n mynnu cael y canlyniadau gorrrau posibl! Felly dyma fy ngorrrchmynion! Fy ngorrch-mynion yw fod pob plentyn yn y flad hon yn cael ei farredu, ei gywasgu, ei arllfys, ei chwistrellu a'i ffrio cyn i mi ddod 'nôl yma eto ymhen blwyddyn! Ydy hyn yn glir?'

Ebychodd y gynulleidfa'n swnllyd. Gwelais y gwrachod yn edrych ar ei gilydd yn ofidus dros ben. A chlywais un wrach ar ben y rhes gyntaf yn dweud yn uchel *'Pob un* ohonyn nhw! Allwn ni byth â chael gwared ar *bob un* ohonyn nhw!'

Trodd Y Brif Uchel Wrach ar ei sawdl yn sydyn fel petai rhywun wedi rhoi sgiwer yn ei phen-ôl. 'Pwy oedd honna?' meddai'n gwta. 'Pwy sy'n meiddio dadlau â mi? Ti oedd hi, yntê?' Pwyntiodd ei bys miniog fel nodwydd mewn maneg at y wrach a oedd wedi siarad.

'Doeddwn i ddim yn ei feddwl e, Eich Uchelder!' llefodd y wrach yn uchel.

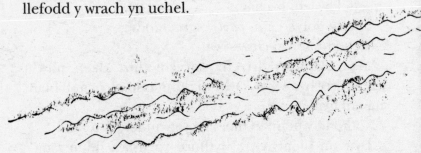

'Doeddwn i ddim yn meddwl dadlau! Dim ond siarad â mi fy hunan ro'n i!'

'Fe feiddiaist ti ddadlau â mi!' sgrechiodd Y Brif Uchel Wrach.

'Dim ond siarad â mi fy hunan ro'n i!' gwaeddodd y wrach druan. 'Ar fy llw, Eich Uchelder!' Dechreuodd grynu gan ofn.

Rhoddodd Y Brif Uchel Wrach un cam sydyn yn ei blaen, a phan siaradodd eto, gwnaeth hynny â llais oedd yn gwneud i'm gwaed rewi.

'Bydd gfrach fach dwp sy'n ateb 'nôl
Yn llosgi'n ulw am fod mor ffôl!'

sgrechiodd.

'Na, na!' ymbiliodd y wrach yn y rhes flaen. Aeth Y Brif Uchel Wrach yn ei blaen.

'Bydd gfrach sy'n dfeud heb feddwl gyntaf
Yn hisian yn y fflamau gwaethaf!'

'Achubwch fi!' llefodd y wrach druan yn y rhes flaen. Chymerodd Y Brif Uchel Wrach ddim sylw ohoni. Dyma hi'n siarad eto.

'Bydd gfrach fach hurrrt fel buest heddiw
Yn rhostio ar y barbiciw!'

'Maddeuwch i mi, O Eich Uchelder!' llefodd yr un druenus. 'Doeddwn i ddim yn ei feddwl e!' Ond aeth Y Brif Uchel Wrach yn ei blaen â'i hadroddiad ofnadwy.

'Bydd pob gfrach sydd yn fy herrrio
Yn cael ei lladd, yn wir, cyn heno!'

Eiliad yn ddiweddarach, dyma lifeiriant o wreichion oedd yn edrych fel naddion metel eirias pitw bach yn saethu o lygaid Y Brif Uchel Wrach ac yn hedfan yn syth at yr un a oedd wedi meiddio siarad. Gwelais y gwreichion yn ei tharo ac yn tyllu i mewn iddi a dyma

69

hi'n rhoi sgrech annaearol a chododd pwff o fwg o'i hamgylch. Cafodd yr ystafell ei llenwi ag arogl cig yn llosgi.

Symudodd neb. Fel fi, roedden nhw i gyd yn gwylio'r mwg, a phan oedd wedi clirio, roedd y gadair yn wag. Cefais gip ar rywbeth gwyn a thenau, fel cwmwl bach, yn symud yn ysgafn i fyny ac yn diflannu drwy'r ffenest.

Daeth ochenaid fawr o'r gynulleidfa.

Syllodd Y Brif Uchel Wrach yn gas o gwmpas yr ystafell. 'Dw i'n gobeithio na fydd neb arall yn fy ngwneud i'n grac a blin heddiw,' meddai.

Bu distawrwydd llethol.

'Wedi'i ffrrrio fel ffeuen,' meddai'r Brif Uchel Wrach. 'Wedi'i choginio fel chwilen. Felwch chi byth mohoni *hi* eto. Nawr gallwn ni ddechrau ar y gfaith.'

Gwneuthurwr Llygod Hwyrweithredol Fformiwla 86

'Mae plant yn atgas!' sgrechiodd Y Brif Uchel Wrach. 'Fe fyddwn yn cael gfarrred arrrnyn nhw i gyd! Fe fyddwn ni'n eu sgrrrwbio oddi ar wyneb y ddaearrr! Fe fyddwn ni'n eu golchi i lawr y drrraen!'

'Byddwn, byddwn!' llafarganodd y gynulleidfa. 'Rhaid cael gwared arnyn nhw i gyd! Sgrwbiwch nhw oddi ar wyneb y ddaear! Golchwch nhw i lawr y draen!'

'Mae plant yn ffiaidd a brrrwnt!' taranodd Y Brif Uchel Wrach.

'Ydyn! Ydyn!' meddai gwrachod Lloegr yn un côr. 'Maen nhw'n ffiaidd a brwnt!'

'Mae plant yn frrrwnt ac yn ddrrrewllyd!' sgrechiodd Y Brif Uchel Wrach.

'Brwnt a drewllyd!' gwaeddodd y gynulleidfa, gan fynd yn fwy cyffrous o hyd.

'Plant sy'n drrrewi o *faw cŵn*!' gwichiodd Y Brif Uchel Wrach.

'Pachchchchch!' gwaeddodd y gynulleidfa. 'Pachchchchch! Pachchchchch! Pachchchchch!'

'Maen nhw'n faeth na baw cŵn!' gwichiodd Y Brif Uchel Wrach. 'Baw cŵn sy'n persawru fel fioledau a briallu o'i gymharu â phlant!'

'Fioledau a briallu!' llafarganodd y gynulleidfa. Roedden nhw'n curo dwylo ac yn cymeradwyo bron pob gair oedd yn cael ei ddweud o'r llwyfan. Roedden nhw fel petaen nhw wedi cael eu hudo'n llwyr gan y siaradwr.

'Siarad am blant sy'n fy ngwneud i'n sâl,' sgrechiodd Y Brif Uchel Wrach. 'Dw i'n teimlo'n sâl wrth *feddwl* amdanyn nhw hyd yn oed! Ewch i nôl powlen i mi!'

Arhosodd Y Brif Uchel Wrach a rhythu ar y môr o wynebau awyddus yn y gynulleidfa. Roedden nhw'n aros, ac yn disgwyl rhagor.

'Felly nawr!' cyfarthodd Y Brif Uchel Wrach. 'Felly nawr mae gen i gynllun! Mae gen i gynllun anfertholus i gael gfarrred arrrr bob plentyn yn Lloegrrr gyfan!'

Daliodd y gwrachod eu gwynt. Roedden nhw'n gegrwth. Dyma nhw'n troi ac yn gwenu'n gyffrous ac afiach ar ei gilydd.

'Ie'n wir!' taranodd Y Brif Uchel Wrach. 'Fe fyddwn ni'n eu cywasgu nhw a'u gfyngio nhw ac fe fyddwn ni'n gfneud i bob plentyn bach drrrefllyd yn Lloegrrr ddiflannu arrr amrrrantiad!'

'Hwrê!' gwaeddodd y gwrachod, gan guro eu dwylo. 'Rydych chi'n wych, O Eich Uchelder! Rydych chi'n rhyfeddol!'

'Byddwch ddistaf a gfrandewch!' meddai'r Brif Uchel Wrach yn swta. 'Gfrandewch yn ofalus iawn a gadewch i ni beidio cael unrhyw gawlach!'

Pwysodd y gynulleidfa ymlaen, yn awyddus i ddysgu sut roedd yr hud a lledrith yma'n mynd i gael ei wneud.

'Fe fydd pob un copa falltog ohonoch chi,' taranodd Y Brif Uchel Wrach, 'yn mynd 'nôl i'ch trefi arrr unwaith ac yn ymddiswyddo o'ch gwaith. Ymddiswydd-wch! Rhowch rrrrybudd! Ymddeolwch!'

'Fe wnawn!' gwaeddon nhw. 'Fe ymddiswyddwn ni o'n gwaith!'

'Ac arrr ôl i chi ymddiswyddo o'ch gwaith,' aeth Y Brif Uchel Wrach yn ei blaen, 'fe fydd pob un copa falltog ohonoch chi'n mynd allan ac fe fyddwch chi'n prynu . . .' Arhosodd.

'Beth fyddwn ni'n ei brynu?' gwaeddon nhw. 'Dwedwch wrthym, O Un Alluog, beth fyddwn ni'n ei brynu?'

'Siopau losin!' gwaeddodd Y Brif Uchel Wrach.

'Siopau losin!' gwaeddon nhw. 'Rydyn ni'n mynd i brynu siopau losin! Dyna hwyl ryfeddol!'

'Fe fydd pob un ohonoch chi'n prrrynu siop losin i'w hunan. Fe fyddwch chi'n prrrynu'r siopau losin gorrrau oll a mwyaf parrrchus yn Lloegrrr.'

'Byddwn! Byddwn!' atebon nhw. Roedd eu lleisiau ofnadwy fel corws o ddriliau deintyddion yn drilio i gyd gyda'i gilydd.

'Dw i ddim eisiau unrhyw siopau losin ceiniog a dimai sy'n gferrrthu tybaco!' gwaeddodd Y Brif Uchel Wrach. 'Dw i eisiau i chi gael dim ond y siopau gorrrau oll yn llafn dop o lwythi a llwythi o losin blasus a siocledi melys!'

'Y gorau!' gwaeddon nhw. 'Fe fyddwn ni'n prynu'r siopau losin gorau yn y dref!'

'Chewch chi ddim trafferth i gael beth rrrydych chi eisiau,' gwaeddodd Y Brif Uchel Wrach, 'oherrrrwydd fe fyddwch chi'n cynnig bedair gwaith yn fwy na gwerrrth y siop a fydd neb yn gwrrrthod cynnig fel yna! Dyw arrrian ddim yn brrroblem i ni frachod fel y gwyddoch chi'n dda iawn. Dw i wedi dod â chwe lorrrri gyda mi yn llawn o arrrian papurrr Lloegrrr, yn newydd a ffrrres. A phob un ohonyn nhw,' ychwanegodd gan rythu'n gythreulig, 'pob un ohonyn nhw fedi'i gfneud garrrtrrref.'

Gwenodd y gwrachod yn y gynulleidfa, gan werthfawrogi'r jôc yma.

Ar hyn, aeth un wrach ffôl mor gyffrous am y posibiliadau o fod yn berchen ar siop losin nes iddi neidio ar ei thraed a gweiddi. 'Fe fydd y plant yn heidio i fy siop i ac fe fydda i'n rhoi losin yn llawn gwenwyn a siocledi'n llawn gwenwyn ac yn eu lladd nhw i gyd fel llygod!'

Tawelodd yr ystafell yn sydyn. Gwelais gorff pitw bach Y Brif Uchel Wrach yn ymsythu ac yn ymgaledu mewn cynddaredd. 'Pwy siaradodd?' gwichiodd. '*Ti* oedd hi! Ti drrraw fan'na!'

Dyma'r un a siaradodd yn eistedd i lawr yn sydyn ac yn rhoi ei dwylo crafanglyd dros ei hwyneb.

'Y dwpsen ddi-weld!' sgrechiodd Y Brif Uchel Wrach. 'Y fergors ddiymennydd. Dwyt ti ddim yn sylweddoli os wyt ti'n mynd o gwmpas yn gwenwyno plant bach, y byddi di'n cael dy ddal mewn pum munud? Dw i erioed yn fy mywyd fedi clywed y fath awgrym rrwtshgyrnllyd gan wrach!'

Dyma'r gynulleidfa gyfan yn cyrcydu a chrynu. Dw i'n eithaf siŵr eu bod nhw i gyd yn meddwl, fel ro'n i, bod y gwreichion eirias ofnadwy ar fin tasgu eto.

Ond yn rhyfedd ddigon, wnaethon nhw ddim.

'Os mai syniad pitwchlyd fel yna yw'r unig beth rrrydych chi'n gallu meddwl amdano,' taranodd Y Brif Uchel Wrach, 'yna does dim syndod bod Lloegr yn dal i ferrrfi o blant bach drrrwg!'

Bu tawelwch eto. Rhythodd Y Brif Uchel Wrach ar y gwrachod yn y gynulleidfa. 'Dy'ch chi ddim yn gwybod,' gwaeddodd arnynt, 'mai gyda hud a lledrith yn unig rydyn ni frachod yn gfeithio?'

'Rydyn ni'n gwybod, Eich Uchelder!' atebodd pob un. 'Wrth gwrs ein bod ni'n gwybod!'

Rhwbiodd Y Brif Uchel Wrach ei dwylo esgyrnog yn y menig yn erbyn ei gilydd a bloeddio, 'Felly mae pob un ohonoch chi'n berrrchen arrr siop losin wych! Fedyn, y cam nesaf yw y bydd pob un ohonoch chi'n cyhoeddi yn ffenest eich siop y byddwch chi'n cael Agorrriad Mafrrreddog gyda losin a siocledi am ddim i bob plentyn!'

'Fe fydd hynny'n dod â nhw i mewn, y cenawon bach barus!' gwaeddodd y gynulleidfa. 'Fe fyddan nhw'n ymladd i ddod drwy'r drysau!'

'Nesaf,' aeth Y Brif Uchel Wrach yn ei blaen, 'fe fyddwch chi'n parrratoi arrr gyferrr yr Agorrriad Mafrrreddog hwn drwy lenwi pob siocled a phob losin yn eich siop â'm fformiwla hud diweddaraf a gorau erioed! Ei enw yw GWNEUTHURWR LLYGOD HWYRWEITH-REDOL FFORMIWLA 86!'

'Gwneuthurwr Llygod Hwyrweithredol!' llafarganon nhw. 'Mae hi wedi'i gwneud hi eto! Mae ei Huchelder wedi dyfeisio cymysgedd hud rhyfeddol arall eto i ladd plant! Sut rydyn ni'n ei wneud e, O Un Alluog?'

'Byddwch yn amyneddgar,' atebodd Y Brif Uchel Wrach. 'Yn gyntaf, rrrydw i'n egluro i chi sut mae fy Ngwneuthurwr Llygod Hwyrweithredol Fformiwla 86 yn gfeithio. Gwrandewch yn astud.'

'Rydyn ni'n gwrando!' gwaeddodd y gynulleidfa a oedd erbyn hyn yn neidio i fyny i lawr yn gyffrous yn eu seddi.

'Hylif gfyrdd yw'r Gwneuthurwr Llygod Hwyrweith-redol,' eglurodd Y Brif Uchel Wrach, 'ac fe fydd un diferrryn ym mhob siocled neu losin yn hen ddigon. Felly dyma sy'n digwydd:

'Mae'r plentyn yn bwyta siocled sydd â Gwneuthurwr Llygod Hwyrweithredol ynddo . . .

'Mae'r plentyn yn mynd adre'n teimlo'n iawn . . .

'Mae'r plentyn yn mynd i'r gwely, yn dal i deimlo'n iawn . . .

'Mae'r plentyn yn dihuno yn y borrre, yn dal yn iawn . . .

'Mae'r plentyn yn mynd i'r ysgol yn dal i deimlo'n iawn . . .

'Mae'r fformiwla, rydych chi'n deall, yn *hwyrweithredol*, a dyw e ddim yn gfeithio eto.'

'Rydyn ni'n deall, O Un Ddeallus!' gwaeddodd y gynulleidfa.

'Ond pryd mae e'n dechrau gweithio?'

'Mae e'n dechrau gfeithio am naw o'r gloch yn union, pan fydd y plentyn yn cyrraedd yr ysgol!' bloeddiodd

Y Brif Uchel Wrach yn fuddugoliaethus. 'Mae'r plentyn yn cyrraedd yr ysgol. Mae'r Gwneuthurwr Llygod Hwyrweithredol yn dechrau gfweithio'n syth. Mae'r plentyn yn dechrau mynd yn llai. Mae'r plentyn yn dechrau tyfu ffwr. Mae'r plentyn yn dechrau tyfu cynffon. Mae'r cyfan yn digwydd mewn dau ddeg chwech eiliad yn union. Ar ôl dau ddeg chwech eiliad, nid plentyn yw'r plentyn rhagor. Llygoden yw e!'

'Llygoden!' gwaeddodd y gwrachod. 'Dyna syniad blaswych!'

'Fe fydd yr ystafelloedd dosbarth i gyd yn berwi o lygod!' gwaeddodd Y Brif Uchel Wrach. 'Fe fydd anhrefn llwyr a reiat ym mhob ysgol yn Lloegrrr! Fe fydd athrawon yn neidio i fyny ac i lawr! Fe fydd athrawesau'n sefyll ar ddesgiau ac yn dal eu sgertiau i fyny ac yn bloeddio, "Help, help, help!"'

'Byddan! Byddan!' gwaeddodd y gynulleidfa.

'A beth,' gwaeddodd Y Brif Uchel Wrach, 'sy'n digwydd nesaf ym mhob ysgol?'

'Dwedwch wrthym!' gwaeddon nhw. 'Dwedwch wrthym, O Un Ddeallus!'

Dyma'r Brif Uchel Wrach yn ymestyn ei gwddf main ac yn gwenu ar y gynulleidfa, gan ddangos dwy res o ddannedd miniog, a oedd braidd yn las. Cododd ei llais yn uwch nag erioed a gweiddi, *Trrrapiau llygod sy'n dod allan!*'

'Trapiau llygod!' gwaeddodd y gwrachod.

'A chaws!' bloeddiodd Y Brif Uchel Wrach. 'Yr athrawon sy'n rrrhuthrro a rrrhedeg o gwmpas ac yn nôl trrrapiau llygod ac yn rhoi caws ynddyn nhw ac yn eu gosod nhw dros yr ysgol i gyd! Llygod sy'n cnoi'r caws! Trrrapiau llygod sy'n cau! Dros yr ysgol i gyd, fe fydd trrrapiau llygod yn mynd *clec-di-clac* a phennau llygod sy'n rholio dros y lloriau fel marblis! Dros Loegrrr i gyd, ym mhob ysgol yn Lloegrrr, fe fydd sŵn cleciau trrrapiau llygod i'w glywed!'

Ar hyn, dyma'r hen Brif Uchel Wrach ffiaidd yn dechrau gwneud rhyw fath o ddawns gwrachod i fyny ac i lawr y llwyfan, gan daro ei thraed yn drwm a churo ei dwylo. Ymunodd y gynulleidfa gyfan â'r curo dwylo a'r taro traed. Roedden nhw'n gwneud y fath sŵn dychrynllyd nes fy mod i'n meddwl yn siŵr y byddai Mr Stringer yn ei glywed ac yn dod i guro ar y drws. Ond wnaeth e ddim.

Yna, uwchben yr holl sŵn, clywais lais Y Brif Uchel Wrach yn sgrechian rhyw fath o gân orfoleddus ofnadwy,

'Lladdwch bob plentyn a rhowch iddynt boen!
Berwch eu hesgyrn a ffriwch eu croen!
Cywasgwch nhw, bwriwch nhw, curwch nhw, malwch
    nhw!
Torrwch nhw, siglwch nhw, holltwch nhw, waldiwch
    nhw!
Rhowch iddynt siocled a grym powdwr hudol!
Dwedwch "Bwytewch nawr!" yn uchel eithriadol.
Llenwch eu boliau â losin mawr gludiog,
Halwch nhw adref yn llenwi eu stumog.
Ac yna'n y bore fe aiff yr holl haid
I sawl ysgol wahanol, heb wybod, y ffyliaid.

Mae merch yn troi'n welw a sâl a gwangalon.
Mae'n gweiddi, "Edrychwch bawb, mae gen i
　　gynffon!"
Mae bachgen sy'n eistedd yn union gerllaw
Yn sgrechian, "O help! Mae gen i ffwr yma a thraw!"
A gwaedda un arall, "Ry'n ni'n edrych fel taclau!
Mae wisgers yn tyfu o ganol ein bochau!"
Mae un bachgen tal iawn oedd hefyd yn iach
Yn gweiddi, "Beth sydd nawr? Dw i bellach yn fach!"
Mae pedair coes bitw yn tyfu o'u cyrff nhw,
A phawb yn rhyfeddu a gwneud lot o dwrw.
A chyn pen dwy eiliad, drwy hudol ryfeddod,
Does dim un o'r plantos, ond llond lle o LYGOD!
Yn yr ysgolion mae llygod yn heidiau
Yn rhedeg yn wyllt dros lawr dosbarthiadau!

A'r holl hen athrawon, pob un o'r trueiniaid
Yn gweiddi mewn arswyd, "Beth yw'r creaduriaid?"
Gan sefyll ar ddesgiau y maen nhw'n brygawthan,
"Ewch allan, yr hen lygod ffiaidd, ewch allan!
Ac ewch i nôl trapiau i'r llygod gael marw!
A pheidiwch anghofio rhoi caws ynddyn nhw!"
A nawr dyma'r trapiau ac mae pob un trap
Yn mynd *tocio-toc* a *clecian-chwap*.
Ac yn yr holl drapiau mae anferth o sbring,
Mae'r sbringiau'n dweud *crac* a *clatsh* a *ping*!
Mae sŵn yr holl drapiau i ni, yr holl wrachod,
Yn fiwsig mor hyfryd sy'n llawn o ryfeddod!
Mae llygod bach marw yn bentwr ar lawr,
Dwy droedfedd o drwch sydd i'w gweld yma'n awr,
Ac mae pob un athro yn chwilio yn ffôl,
Ond does dim un plentyn sydd bellach ar ôl!
Fe waeddant, "O ble'r aeth y plantos i gyd?
Mae'n hanner awr wedi, o ble yn y byd
Mae'r plant sydd yn cyrraedd yn brydlon bob dydd?"
Mae'r athrawon ar goll o gael diwrnod rhydd.
Rhai'n eistedd a darllen, ac eraill mae'n wir
Yn cadw'n reit brysur drwy sgubo yn glir
Y llygod o'r lloriau, a wyddoch chi be'?
RY'N NINNAU'R HOLL WRACHOD YN GWEIDDI HWRÊ!'

Y Rysáit

Gobeithio nad wyt ti wedi anghofio, tra oedd hyn i gyd yn digwydd, fy mod i'n dal ar fy mhedwar yn sownd y tu ôl i'r sgrin, gydag un llygad wrth yr hollt. Dwn i ddim pa mor hir roeddwn i wedi bod yno ond roedd yn teimlo fel oes. Y peth gwaethaf oedd methu pesychu neu wneud sŵn, a gwybod petawn i'n gwneud hynny, fy mod i cystal â bod wedi marw. A drwy'r amser, roeddwn i'n ofni y byddai un o'r gwrachod yn y rhes gefn yn ffroeni fy mod i yno drwy un o'i ffroenau arbennig.

Fy unig obaith, fel roeddwn i'n ei gweld hi, oedd y ffaith nad oeddwn i wedi ymolchi ers dyddiau. Hynny a'r cyffro diddiwedd a'r curo dwylo a'r gweiddi oedd yn digwydd yn yr ystafell. Doedd y gwrachod ddim yn meddwl am ddim byd heblaw am Y Brif Uchel Wrach i fyny yno ar y llwyfan a'i chynllun mawr i gael gwared ar holl blant Lloegr. Doedden nhw'n sicr ddim yn ffroeni o gwmpas am blentyn yn yr ystafell. Fydden nhw byth wedi breuddwydio (os yw gwrachod yn breuddwydio) am wneud hynny. Arhosais yn llonydd a gweddïo.

Erbyn hyn, roedd cân orfoleddus ofnadwy'r Brif Uchel Wrach wedi dod i ben, ac roedd y gynulleidfa'n curo'u dwylo'n wyllt ac yn gweiddi, 'Gwych, Anhygoel, Rhyfeddol! Rwyt ti'n athrylith, O Un Ddeallus! Dyna ddyfais gyffrous yw'r Gwneuthurwr Llygod Hwyrweithredol yma! Mae e'n ardderchog! A gogoniant y peth yw mai'r athrawon fydd yn lladd y plant bach drewllyd! Nid ni fydd yn gwneud! Chawn ni byth mo'n dal!'

'Fydd gfrachod byth yn cael eu dal!' meddai'r Brif Uchel Wrach yn swta. 'A gaf i eich sylw nawr? Dw i eisiau sylw pawb oherrrwydd dw i ar fin dweud wrrrthoch chi beth sydd rhaid i chi ei wneud i baratoi Gwneuthurwr Llygod Hwyrweithredol Fformiwla 86!'

Yn sydyn daeth ebychu mawr o'r gynulleidfa. Wedyn, mwstwr o sgrechian a bloeddio, a gwelais nifer o'r gwrachod yn neidio ar eu traed ac yn pwyntio at y llwyfan ac yn gweiddi'n uchel, 'Llygod! Llygod! Llygod! Mae hi wedi'i wneud e i ddangos i ni! Mae'r Un Ddeallus wedi troi dau blentyn yn llygod a dyna nhw!'

Edrychais tuag at y llwyfan. Dyna lle roedd y llygod hefyd, dwy ohonyn nhw, yn rhedeg o gwmpas wrth waelod sgert Y Brif Uchel Wrach.

Ond nid llygod y maes na llygod bach na llygod y coed na llygod yr ŷd oedd y rhain. *Llygod gwyn* oedden nhw! Dyma fi'n eu hadnabod nhw ar unwaith – fy William bach a'm Mary fach i oedden nhw!

'Llygod!' gwaeddodd y gynulleidfa. 'Mae ein harweinydd wedi gwneud i lygod ymddangos o unlle! Ewch i nôl y trapiau llygod! Ewch i nôl y caws!'

Gwelais Y Brif Uchel Wrach yn edrych i lawr tua'r llawr ac yn syllu ar William a Mary, yn amlwg wedi drysu. Plygodd i lawr i gael gwell golwg. Yna ymsythodd a gweiddi, 'Tafelwch!'

Ymdawelodd y gynulleidfa ac eisteddd.

'Does gan y llygod hyn ddim byd i'w fneud â fi!' gwaeddodd. 'Llygod *anwes* yw'r llygod hyn! Mae'r llygod hyn yn amlwg yn berchen i ryw blentyn bach gwrrrthun yn y gwesty! Bachgen fydd e'n sicr achos dyw merched ddim yn cadw llygod anwes!'

'Bachgen!' gwaeddodd y gwarchod. 'Bachgen bach drewllyd brwnt! Fe fachwn ni e! Fe ddaliwn ni e! Fe gawn ni ei berfedd i frecwast!'

'Tafelwch!' gwaeddodd Y Brif Uchel Wrach, gan godi ei dwylo. 'Rrrydych chi'n gwybod yn iafn na chewch chi fneud dim i dynnu sylw atoch chi eich hunan trrra byddwch chi'n byw yn y gfesty hwn! Fe gawn ni warrred ar y gwalch bach drrrefllyd hwn ar bob cyfrif, ond rrrhaid i ni ei wneud e mor dawel â phosibl. Oherwydd on'd ni yw menywod mwyaf parrrchus y Gymdeithas Frrrenhinol errr Atal Crrreulondeb i Blant?'

'Beth ydych chi'n ei awgrymu felly, O Un Ddeallus?' gwaeddon nhw. 'Sut gawn ni wared ar y pentwr yma o faw?'

Maen nhw'n siarad amdanaf i, meddyliais. Mae'r menywod hyn yn siarad am sut i'm lladd i. Dechreuais chwysu.

'Pwy bynnag yw e, dyw e ddim yn bwysig,' cyhoeddodd Y Brif Uchel Wrach. 'Gadewch e i mi. Fe ddof i o hyd iddo fe drwy ffroeni, ei droi'n facrell a'i fwyta i swper.'

'Go dda!' gwaeddodd y gwrachod. 'Torrwch ei ben a thorrwch ei gynffon a'i ffrio mewn menyn poeth!'

Gelli di ddychmygu nad oedd hyn yn gwneud i mi deimlo'n gyfforddus iawn. Roedd William a Mary'n dal i redeg o gwmpas ar y llwyfan, a gwelais Y Brif Uchel Wrach yn anelu cic sydyn at William. Daliodd ef ar

flaen ei throed a'i daro'n glir o'r llawr. Gwnaeth yr un
peth i Mary. Roedd hi'n anelu'n wych. Fe fyddai wedi
bod yn chwaraewr pêl-droed ardderchog. Dyma'r ddwy
lygoden yn taro yn erbyn y wal, ac am rai eiliadau
roedden nhw'n llonydd. Yna codon nhw ar eu traed a
rhuthro i ffwrdd.

'A gaf i eich sylw eto?' Roedd Y Brif Uchel Wrach yn
gweiddi. 'Fe fyddaf i nawr yn rhoi i chi'r rysáit i wneud
Gwneuthurwr Llygod Hwyrweithredol Fformiwla 86!
Tynnwch eich pensiliau a'ch papur allan.'

Agorwyd bagiau llaw drwy'r ystafell i gyd a thynnwyd
llyfrau nodiadau allan.

'Rhowch y rysáit i ni, O Un Ddeallus!' gwaeddodd y gynulleidfa'n ddiamynedd. 'Dwedwch y gyfrinach wrthyn ni.'

'Yn gyntaf,' meddai'r Brif Uchel Wrach, 'roedd rhaid i mi ddod o hyd i rywbeth a fyddai'n gwneud i'r plant fynd yn fach iawn yn gyflym iawn.'

'A beth oedd hynny?' gwaeddodd y gynulleidfa.

'Roedd y rhan honno'n syml,' meddai'r Brif Uchel Wrach. 'Y cyfan sydd rhaid i chi ei wneud os ydych chi eisiau gwneud plentyn yn fach iawn yw edrych arno drwy ben anghywir telesgop.'

'Mae hi'n rhyfeddod!' gwaeddodd y gynulleidfa. 'Pwy arall fyddai wedi meddwl am y fath beth?'

'Felly rrrrydych chi'n cymrrryd pen anghywirrr telesgop,' aeth Y Brif Uchel Wrach yn ei blaen, 'ac rrrydych chi'n ei ferrrwi hyd nes y bydd yn feddal.'

'Faint o amser mae hynny'n ei gymryd?' gofynnon nhw iddi.

'Dau ddeg un awr o ferwi,' atebodd Y Brif Uchel Wrach. 'Ac wrth i hyn ddigwydd, rydych chi'n cymryd union bedwar deg pump o lygod brown ac yn torri eu cynffonnau â chyllell gig ac rydych chi'n ffrio'r cynffonnau mewn olew gwallt hyd nes y byddan nhw'n greisionllyd braf.'

'Beth ydyn ni'n ei wneud â'r holl lygod hynny sydd wedi colli eu cynffonnau?' gofynnodd y gynulleidfa.

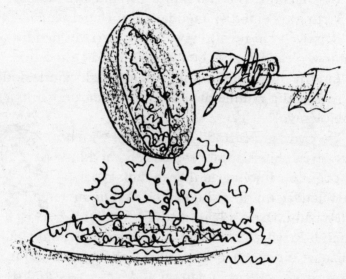

'Rrrydych chi'n eu berrrfi nhw mewn sudd brrroga am un awrrr,' oedd yr ateb. Ond gwrrrandewch arnaf i. Hyd yma, dim ond rhan hawdd y rrrysáit dw i wedi'i rhoi i chi. Y broblem fawrrr yw rhoi rhywbeth i mewn a fydd yn cael effaith hwyrrrweithredol go iawn, rhywbeth mae plant yn gallu ei fwyta un diwrnod ond na fydd yn dechrau gweithio arnyn nhw tan naw o'r gloch y bore canlynol pan fyddan nhw'n cyrraedd yr ysgol.'

'Am beth feddylioch chi, O Un Ddeallus?' gwaeddon nhw. 'Dwedwch y gyfrinach fawr wrthon ni!'

'Y gyfrinach,' cyhoeddodd Y Brif Uchel Wrach yn fuddugoliaethus, 'yw *cloc larrrwm!*'

'Cloc larwm!' gwaeddon nhw. 'Syniad athrylithgar!'

'Wrth gwrs ei fod e,' meddai'r Brif Uchel Wrach.

'Rrrydych chi'n gallu gosod cloc larrrwm heddiw ac am naw o'r gloch ar ei ben yforrry fe fydd e'n canu.'

'Ond fe fydd angen pum miliwn o glociau larwm!' gwaeddodd y gynulleidfa. 'Fe fydd angen un i bob plentyn!'

'Twpsod!' gwaeddodd Y Brif Uchel Wrach. 'Os ydych chi eisiau stecen, dydych chi ddim yn coginio'r fuwch gyfan! Yr un fath gyda chlociau larwm! Fe fydd un cloc yn ddigon i fil o blant. Dyma'r hyn rrrydych chi'n ei wneud. Rrrydych chi'n gosod eich cloc larrrwm i ganu am naw o'r gloch bore fory. Ac yna rydych chi'n ei rrrostio yn y ffwrrrn tan ei fod yn grrreisionllyd a thyner. Ydych chi'n ysgrrrifennu hyn i gyd?'

'Ydyn, Eich Uchelder!' gwaeddon nhw.

'Nesaf,' meddai'r Brif Uchel Wrach, 'rydych chi'n cymryd y telesgop wedi'i ferwi a'r cynffonnau llygod

wedi'u ffrrrio a'r llygod wedi'u coginio a'ch cloc larwm wedi'i rostio ac yn eu rhoi gyda'i gilydd yn y cymysgwr. Wedyn rydych chi'n eu cymysgu nhw ar y cyflymdra

uchaf. Fe fydd hyn yn rhoi past trwchus i chi. Wrth i'r
cymysgwr gymysgu rhaid i chi ychwanegu ato
felynwy un wy rhochyn.' 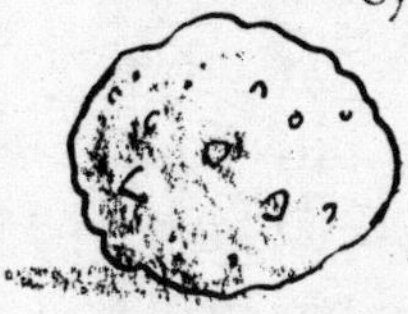
'Wy rhochyn!' gwaeddodd y gynulleidfa.
'Fe wnawn ni hynny!'
O dan yr holl fwstwr
oedd yn digwydd, clywais un
wrach yn y rhes gefn yn
dweud wrth ei chymdoges,
'Dw i'n mynd braidd yn rhy
hen i fynd i chwilio am nythod
rhochod. Mae'r hen rochod wastad yn nythu'n uchel
iawn.' 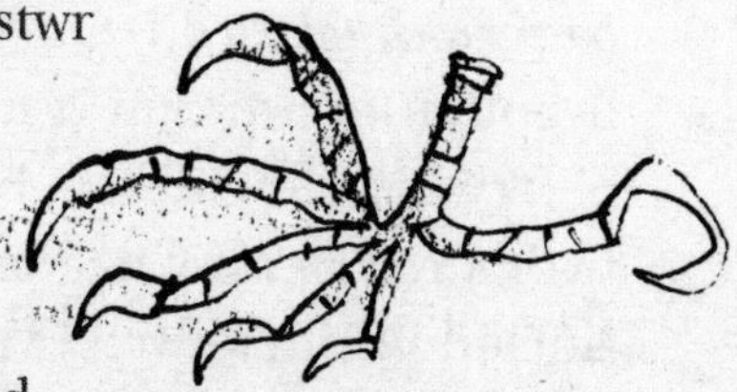
'Felly rrrydych chi'n cymysgu'rrr wy i mewn,'
aeth Y Brif Uchel Wrach yn ei blaen, 'ac rrrydych chi
hefyd yn cymysgu'r pethau canlynol
i mewn, un arrr ôl y llall: crafanc
crancfalwr, pig brasfraith, trwyn
poerllyn a thafod cathlamwr. Dw
i'n gobeithio na fydd hi'n drafferth
i chi ddod o hyd i'r
rheina.'

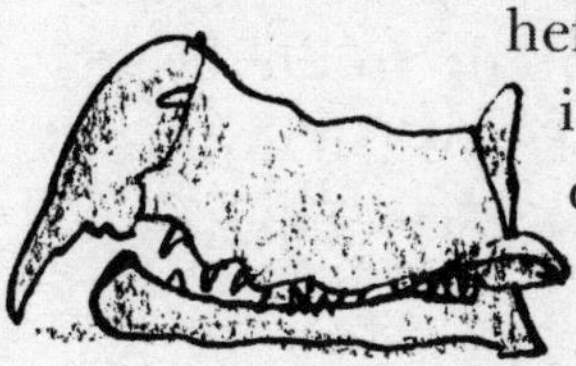

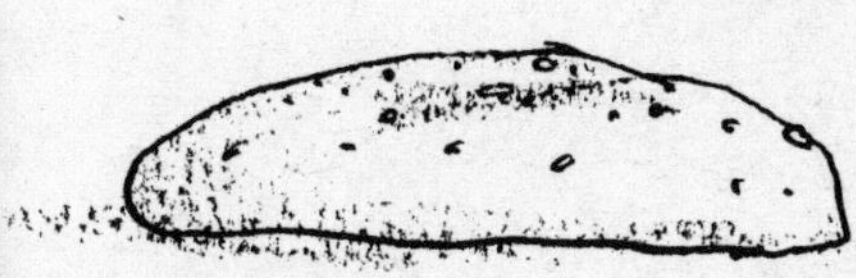

'Dim o gwbl!' gwaedd-
odd pawb. 'Fe fyddwn
ni'n trywanu'r frasfraith
ac yn dal y crancfalwr mewn
trap ac yn saethu'r poerllyn ac yn caethiwo'r cathlamwr
yn ei dwll!'

'Arrrdderrrchog!' meddai'r Brif Uchel Wrach. 'Pan fyddwch chi wedi cymysgu popeth yn y cymysgwr, fe fydd gennych chi hylif gwyrdd rhyfeddol yr olwg. Rhowch un diferrryn, dim ond un diferrryn pitw bach, o'r hylif hwn ar siocled neu losin, ac *am naw o'r gloch y bore canlynol* bydd y plentyn a'i bwytaodd yn troi'n llygoden mewn dau ddeg chwech eiliad! Ond un gair o rrrybudd. Peidiwch byth â rrrhoi rhagor. Peidiwch byth â rrrhoi mwy nag un diferrryn ym mhob losin neu siocled. A pheidiwch byth â rrrhoi mwy nag un losinen neu siocled i bob plentyn. Bydd gorrrddos o Wneuth-urwr Llygod Hwyrweithredol yn gwneud cawl o amseru'r cloc larrrwm fel y bydd y plentyn yn cael ei drrroi'n llygoden yn rhy gynnar. Gallai gorddos mawr gael effaith yn syth, a fyddech chi ddim eisiau hynny, fyddech chi? Fyddech chi ddim eisiau i'r plant drrrroi'n llygod ar unfaith yn eich siopau losin. Fe fyddai hynny'n gollwng y gath o'rrr cwd. Felly byddwch yn ofalus iawn! Peidiwch â rhoi gorrrddos!'

Bruno Jenkins yn Diflannu

Roedd Y Brif Uchel Wrach yn dechrau siarad eto. 'Nawr dw i'n mynd i brrrofi i chi,' meddai, 'fod y rrrysáit hwn yn gfeithio'n berrrffaith. Rydych chi'n deall, wrth gwrrrs, y gallwch chi osod y cloc larwm i ganu unrhyw brrryd. Does dim *rhaid* iddo fod am naw o'r gloch. Felly ddoe, fe wnes i'n bersonol baratoi ychydig bach o'r fformiwla hudol er mwyn rhoi arddangosfa gyhoeddus i chi. Ond dw i'n gwneud un nefid bach i'r rrrysáit. Cyn i mi rrrostio'r cloc larwm, dw i'n ei osod i ganu, nid am naw o'r gloch y bore canlynol, ond am hanner awr wedi trrri'r prynhawn canlynol. Sy'n golygu hanner awr wedi trrri'r prynhawn *yma*. Ac mae hynny,' meddai, gan edrych yn gyflym ar ei wats, 'mewn saith munud yn union!'

Roedd y gynulleidfa o wrachod yn gwrando'n astud, gan synhwyro bod rhywbeth syfrdanol ar fin digwydd.

'Felly beth dw i'n fneud ddoe â'r hylif hudol yma?' gofynnodd Y Brif Uchel Wrach. 'Fe ddfeda i wrrrthoch chi beth dw i'n fneud. Dw i'n rhoi un diferrryn ohono mewn barrryn siocled meddal i fachgen bach drrrewllyd atgas sy'n crrrwydro o gwmpas cyntedd y gfesty.'

Oedodd Y Brif Uchel Wrach. Arhosodd y gynulleidfa'n dawel, gan ddisgwyl iddi fynd yn ei blaen.

'Fe wyliais y gwalch bach atgas hwn yn llowcio'r barrryn meddal o siocled ac ar ôl iddo orffen, fe

91

ddwedais wrtho, "Oedd e'n dda?" Fe ddwedodd ei fod yn fych. Felly fe ddwedais wrtho, "Hoffet ti gael rhagor?" Ac fe ddwedodd, "Hoffwn." Felly fe ddwedais, "Fe rrrof i *chwe* barrryn siocled arall fel yna i ti os fnei di gwrrrdd â mi yn Ystafell Ddawnsio'rrr gwesty hwn am bum munud arrr hugain fedi trrri prrrynhawn yfory." "Chwe barrryn!" gwaeddodd y mochyn bach barus yma. "Fe fydda i yno! Fe allwch chi fentrrro y bydda i yno!"

'Felly mae'rrr llwyfan yn barrrod!' gwaeddodd Y Brif Uchel Wrach. 'Rrrydyn ni ar fin prrrofi'r pwdin! Peidiwch ag anghofio, cyn i mi rrrostio'rrr cloc larwm ddoe, dw i'n ei osod am hanner awr fedi trrri heddiw. Mae hi nawr' – edrychodd eto ar ei wats – 'mae hi nawr yn bum munud arrr hugain fedi tri arrr ei ben ac fe ddylai'r drrrewgi bach cas a fydd yn trrroi'n llygoden mewn pum munud fod yn sefyll y tu allan i'r drrrysau'r eiliad hon!'

Ac yn wir, roedd hi'n hollol gywir. Roedd y bachgen, pwy bynnag oedd e, yno'n barod yn tynnu ar ddolen y drws ac yn curo ar y drysau â'i ddwrn.

'Yn gyflym!' sgrechiodd Y Brif Uchel Wrach. 'Gwisgwch eich wigiau! Gwisgwch eich menig! Gwisgwch eich esgidiau!'

Roedd hi fel ffair wedyn wrth i bawb wisgo wigiau a menig ac esgidiau, a gwelais Y Brif Uchel Wrach ei hun yn estyn am ei mwgwd wyneb ac yn ei wisgo dros ei hwyneb atgas. Roedd hi'n rhyfeddol sut roedd y masg yn ei gweddnewid. Yn sydyn reit dyma hi'n troi'n fenyw ifanc eithaf pert unwaith eto.

'Gadewch fi i mewn!' meddai llais y bachgen o'r tu ôl i'r drysau. 'Ble mae'r bariau siocled yma addawoch chi i mi? Dw i yma i'w casglu nhw! Rhowch nhw i mi nawr!'

'Nid yn unig mae e'n ddrrrewllyd, mae e hefyd yn farrrus,' meddai'r Brif Uchel Wrach. 'Tynnwch y cadwynau oddi ar y drrrysau a gadewch iddo ddod i mewn.' Y peth rhyfeddaf am y masg oedd fod y gwefusau'n symud yn eithaf naturiol wrth iddi siarad. Allech chi ddim gweld yn iawn mai masg oedd e o gwbl.

Neidiodd un o'r gwrachod ar ei thraed a datod y cadwynau. Agorodd hi'r ddau ddrws enfawr. Yna dyma fi'n ei chlywed yn dweud, 'Wel *helô*, ddyn ifanc. Hyfryd dy weld di. Rwyt ti wedi dod i nôl dy fariau siocled, on'd wyt ti? Maen nhw'n barod i ti. Dere i mewn.'

Daeth bachgen bach yn gwisgo crys-T gwyn a siorts llwyd a threinyrs i mewn i'r ystafell. Roeddwn i'n ei adnabod ar unwaith. Bruno Jenkins oedd ei enw ac roedd e'n aros yn y gwesty gyda'i rieni. Doeddwn i ddim yn ei hoffi. Roedd e'n un o'r bechgyn hynny sydd bob amser yn bwyta rhywbeth pan fyddi di'n cwrdd ag ef. Os wyt ti'n cwrdd ag e yng nghyntedd y gwesty, mae e'n stwffio cacen sbwng yn ei geg. Os wyt ti'n mynd heibio iddo yn y coridor, mae e'n tynnu llond dwrn o greision o fag. Os wyt ti'n cael cip arno yng ngardd y gwesty, mae e'n llowcio barrryn o Dairy Milk ac mae dau farrryn arall i'w gweld yn sticio allan o boced ei drowsus. Ar ben hynny, doedd Bruno byth yn rhoi'r gorau i ymffrostio sut roedd ei dad yn gwneud mwy o arian na 'nhad i a bod tri char gyda nhw. Ond yn waeth na hynny, fore ddoe roeddwn i wedi dod o hyd iddo'n penlinio ar lawr teils teras y gwesty â chwyddwydr yn ei law. Roedd colofn o forgrug yn martsio ar draws un o'r teils ac roedd Bruno Jenkins yn dal yr haul drwy'r chwyddwydr ac yn rhostio'r morgrug fesul un. 'Dw i'n hoffi eu gweld nhw'n llosgi,' meddai. 'Mae hynny'n beth ofnadwy!' gwaeddais. 'Stopia hi!' 'Gad i mi dy weld di'n fy stopio i,' meddai. Ar hynny roeddwn i wedi'i wthio nerth fy mreichiau ac roedd e wedi cwympo ar ei ochr ar y llawr teils. Roedd ei chwyddwydr wedi torri'n ddarnau mân ac roedd e wedi neidio ar ei draed a sgrechian, 'Mae fy nhad yn mynd i dy gael di am hyn!' Wedyn roedd e wedi rhedeg i ffwrdd, i nôl ei dad cyfoethog mae'n debyg. Dyna'r tro olaf i mi weld Bruno Jenkins tan nawr. Roeddwn i'n amau'n fawr iawn ei fod ar fin cael ei droi'n llygoden, er bod rhaid i mi gyfaddef fy mod i'n gobeithio'n dawel fach y gallai hynny ddigwydd. Beth bynnag, doeddwn i ddim yn cenfigennu wrtho am fod i fyny yno o flaen yr holl wrachod yna.

'Fachgen annwyl,' meddai'r Brif Uchel Wrach yn dyner o'r llwyfan. 'Mae'r siocledi gyda fi'n barrrod i ti. Tyrrrd yma'n gyntaf a dwed helô wrth y menywod hyfryd yma i gyd.' Roedd ei llais yn hollol wahanol nawr. Roedd e'n feddal a thyner ac yn diferu o fêl.

Roedd Bruno'n edrych wedi drysu braidd, ond bodlonodd ar gael ei arwain i fyny i'r llwyfan, lle safodd wrth ymyl Y Brif Uchel Wrach a dweud, 'O'r gorau, ble mae fy chwe barrryn o siocled?'

Gwelais y wrach oedd wedi'i adael i mewn yn rhoi'r gadwyn 'nôl yn dawel ar ddolenni'r drysau. Sylwodd Bruno ddim ar hyn. Roedd e'n rhy brysur yn gofyn am ei siocled.

'Yrrr amser nawrrr yw un funud cyn hanner awrrr fedi trrri!' cyhoeddodd Y Brif Uchel Wrach.

'Beth yn y byd sy'n digwydd?' gofynnodd Bruno. Doedd e ddim yn ofnus, ond doedd e ddim wir yn edrych yn gyfforddus chwaith. 'Beth *yw* hyn?' meddai. 'Rhowch fy siocled i mi!'

'Trrri deg eiliad i fynd!' gwaeddodd Y Brif Uchel Wrach, gan gydio ym mraich Bruno. Ysgydwodd Bruno

ei hun i ffwrdd a syllu arni. Syllodd hithau 'nôl arno, a
gwenu â gwefusau ei masg. Roedd pob gwrach yn y
gynulleidfa'n syllu ar Bruno.

'Ugain eiliad!' gwaeddodd Y Brif Uchel Wrach.

'Rhowch y siocled i mi!' gwaeddodd Bruno, gan
ddechrau amau'n sydyn fod rhywbeth o'i le. 'Rhowch y
siocled i mi a gadewch i mi fynd mas o 'ma!'

'Pymtheg eiliad!' gwaeddodd Y Brif Uchel Wrach.

'A wnaiff un ohonoch chi'r pyncs gwallgof fod
mor garedig â dweud wrtha i beth sy'n digwydd?'
gwaeddodd Bruno.

'Deg eiliad!' gwaeddodd Y Brif Uchel Wrach. 'Naw
. . . wyth . . . saith . . . chfech . . . pump . . . pedwarrr
. . . trrri . . . dau . . . un . . . dim! Rrrydyn ni'n tanio!'

Gallwn dyngu i mi glywed cloc larwm yn canu. Gwelais
Bruno'n neidio. Neidiodd fel petai rhywun wedi rhoi
pin het yn ddwfn yn ei ben-ôl a bloeddiodd 'Aw!'
Neidiodd mor uchel fel y glaniodd ar fwrdd bychan i
fyny yno ar y llwyfan, a dechreuodd neidio o gwmpas
ar ben y bwrdd hwn, gan chwifio'i freichiau a gweiddi
nerth ei ben. Yna'n sydyn ymdawelodd. Ymsythodd ei
gorff i gyd.

'Mae'rrr larrrwm wedi canu!' sgrechiodd Y Brif
Uchel Wrach. 'Mae'r Gfneuthurwr Llygod yn dechrau
gfeithio!' Dechreuodd neidio o gwmpas ar y llwyfan a
churo ei dwylo yn ei menig ac yna gwaeddodd,

'Bydd hwn, sydd nawr yn fachgen,
Un gwael a brwnt fel lleuen,
Fe ddwedaf wrthych nawr yn wir
Cyn hir yn troi'n LLYGODEN!'

Roedd Bruno'n mynd yn llai fesul eiliad. Gallwn ei
weld yn lleihau . . .

Nawr roedd ei ddillad fel petaen nhw'n diflannu ac
roedd ffwr brown yn tyfu dros ei gorff i gyd . . .

Yn sydyn roedd ganddo gynffon . . .

Ac wedyn roedd ganddo wisgers . . .

Nawr roedd ganddo bedair troed . . .

Roedd y cyfan yn digwydd mor gyflym . . .

Mater o eiliadau'n unig oedd hi . . .

Ac yn sydyn doedd e ddim yno mwyach . . .

Roedd llygoden fach frown yn rhedeg o gwmpas ar ben y bwrdd . . .

'Gwych!' bloeddiodd y gynulleidfa. 'Mae hi wedi'i gwneud hi! Mae'n gweithio! Mae'n wych! Mae'n anferthol! Dyna'r gorau eto! Rydych chi'n wyrthiol, O Un Ddeallus!' Roedden nhw i gyd yn sefyll ar eu traed ac yn curo eu dwylo ac yn cymeradwyo a dyma'r Brif Uchel Wrach yn tynnu trap llygoden o blygion ei ffrog ac yn dechrau ei osod.

O na! meddyliais. Dw i ddim eisiau gweld hyn! Efallai bod Bruno Jenkins wedi bod yn dipyn o boendod ond myn brain i, dw i ddim eisiau ei weld e'n colli ei ben!

'Ble mae e?' meddai'r Brif Uchel Wrach yn swta, gan chwilio'r llwyfan. 'I ble'rrr aeth y llygoden yna?'

Allai hi ddim dod o hyd iddo. Rhaid bod yr hen Bruno clyfar wedi neidio oddi ar y bwrdd ac wedi gwibio i ryw gornel neu hyd yn oed i lawr rhyw dwll bychan. Diolch byth am hynny.

'Does dim ots!' gwaeddodd Y Brif Uchel Wrach. 'Tawelwch ac eisteddwch!'

Y Rhai Hynafol

Safai'r Brif Uchel Wrach reit yng nghanol y llwyfan, a dyma ei llygaid peryglus yn teithio'n araf o gwmpas y gynulleidfa o wrachod a eisteddai mor ostyngedig o'i blaen. 'Pawb dros saith deg, codwch eich dwylo!' cyfarthodd yn sydyn.

Cododd saith neu wyth o ddwylo.

'Mae'n fy nharrro i,' meddai'r Brif Uchel Wrach, 'na fyddwch chi'rrr rhai hynafol yn gallu drrringo coed uchel i chwilio am wyau rhochod.'

'Na fyddwn, Eich Uchelder! Rydyn ni'n ofni na fyddwn ni!' llafarganodd y rhai hynafol.

'A fyddwch chi ddim chwaith yn gallu dal y crrrancfalwr, sy'n byw'n uchel ar glogwyni crrreigiog,' aeth y Brif Uchel Wrach yn ei blaen. 'Alla i ddim o'ch gweld chi'n gfibio ar ôl y cathlamwrrr cyflym chwaith, nac yn plymio i isgafnau dwfn i drrrywanu'rrr frasfraith, nac yn trrroedio ar hyd y corsydd llwm a drrryll o dan eich braich i saethu'rrr poerllyn. Rydych chi'n rhy hen ac eiddil i'rrr pethau yna.'

'Ydyn,' llafarganodd y rhai hynafol. 'Ydyn! Ydyn!'

'Rydych chi'rrr rhai hynafol fedi rhoi gwasanaeth da iawn i mi dros lawerrr o flynyddoedd,' meddai'rrr Brif Uchel Wrach, 'a dw i ddim eisiau gwarafun i chi'r pleserrr o ladd rhai miloedd o blant yr un, dim ond achos eich bod chi fedi mynd yn hen ac yn eiddil. Felly dw i fedi paratoi'n bersonol â'm dwylo fy hunan,

ychydig bach o Wneuthurrrwr Llygod Hwyrrrweith-
redol y bydda i'n ei ddosbarthu i'r hynafol rrrai cyn i
chi adael y gwesty.'

'O diolch, diolch!' gwaeddodd yr hen wrachod.
'Rydych chi'n llawer rhy dda wrthon ni, Eich Uchel-
der! Rydych chi mor garedig ac ystyriol.'

'Dyma sampl o'rrr hyn dw i'n ei rrroi i chi,' gwaedd-
odd y Brif Uchel Wrach. Chwiliodd ym mhoced ei
ffrog a thynnu potel fach iawn allan. Cododd hi'n
uchel a gweiddi, 'Yn y botel fechan hon mae pum can

dos o Wneuthurrrwr Llygod! Mae'n ddigon i drrroi pum cant o blant yn llygod!' Gallwn weld mai potel o wydr glas tywyll ydoedd a'i bod hi'n fach iawn, tua'r un maint â'r rhai rwyt ti'n gallu eu prynu mewn siop fferyllydd a diferion i'r trwyn ynddyn nhw. 'Fe fydd pob un ohonoch chi'r rhai hynafol yn cael dwy o'r poteli hyn!' gwaeddodd.

'Diolch, diolch, O Un Hael ac Ystyriol!' meddai'r gwrachod hynafol fel côr. 'Chaiff dim un diferyn ei wastraffu! Bydd pob un ohonom yn addo cywasgu a chwypsu a chwistrholio mil o blant!'

'Mae ein cyfarfod arrr ben!' cyhoeddodd Y Brif Uchel Wrach. 'Dyma eich amserlen am feddill eich arhosiad yn y gwesty hwn.

'Yn syth nawr, rhaid i ni i gyd fynd allan i Deras yr Heulfen a chael te gyda'rrr Rheolwrrr dwl yna.

'Nesaf, am chwech o'r gloch heno, fe fydd y gwragedd hynny sy'n rhy hen i ddrrringo coed i nôl wyau rhochod yn dod i'm hystafell i gael dwy botelaid yr un o Wneuthurrrwr Llygod. 454 yw rhif fy ystafell. Peidiwch â'i anghofio fe.

'Fedyn, am wyth o'rrr gloch, byddwch chi i gyd yn ymgynnull yn yrrr Ystafell Fwyta i gael swper. Menywod hyfryd CFACB ydyn ni ac maen nhw'n gosod dau fwrrrdd hir ar ein cyfer ni. Ond peidiwch ag anghofio rhoi'r plygiau cotwm i fyny eich trrrwynau. Fe fydd yr Ystafell Fwyta yna'n llawn o hen blant bach drewllyd a heb y plygiau fe fydd y drewdod yn annioddefol. Heb-law am hynny, cofiwch ymddwyn yn normal bob amser. Ydy popeth yn glir? Unrhyw gwestiynau?'

'Mae gen i un cwestiwn, Eich Uchelder,' meddai llais yn y gynulleidfa. 'Beth sy'n digwydd os bydd un o'r siocledi rydyn ni'n eu rhoi am ddim yn ein siopau'n cael eu bwyta gan oedolyn?'

'Hen drrro i'r oedolyn, yntê,' meddai'r Brif Uchel Wrach. 'Mae'r cyfarfod hwn arrr ben!' gwaeddodd. 'Allan â chi!'

Dyma'r gwrachod yn codi ac yn dechrau casglu eu pethau at ei gilydd. Roeddwn i'n eu gwylio nhw drwy'r hollt ac yn gobeithio i'r nefoedd y bydden nhw'n brysio ac yn gadael er mwyn i mi gael bod yn ddiogel o'r diwedd.

'Arhoswch!' gwichiodd un o'r gwrachod yn y rhes gefn. *'Arhoswch funud!'* Atseiniodd ei llais drwy'r Ystafell Ddawnsio fel utgorn. Yn sydyn arhosodd pob gwrach a throi ac edrych ar yr un oedd yn siarad. Roedd hi'n un o'r gwrachod talaf yno a gallwn ei gweld hi'n sefyll a'i phen am 'nôl a'i thrwyn yn yr awyr ac roedd hi'n sugno anadliadau mawr hir o aer drwy ei ffroenau pinc a oedd fel cregyn lluniaidd.

'Arhoswch!' gwaeddodd eto.

'Beth sy'n bod?' galwodd y lleill.

'Baw cŵn!' bloeddiodd. 'Dw i newydd gael chwa o faw cŵn!'

'Does bosib!' gwaeddodd y lleill. 'Byth bythoedd!'

'Oes, oes!' gwaeddodd y wrach gyntaf. 'Dyna fe eto! Dyw e ddim yn gryf! Ond mae e yno! Hynny yw, mae e yma! Mae'n bendant yn rhywle heb fod ymhell i ffwrdd!'

'Beth sy'n digwydd lawr fan 'na?' gwaeddodd Y Brif Uchel Wrach, gan rythu i lawr o'r llwyfan.

'Mae Mildred newydd arogli chwa o faw cŵn, Eich
Uchelder!' galwodd rhywun 'nôl arni.

'Pa ffwlbrrri yw hyn?' gwaeddodd Y Brif Uchel
Wrach. 'Mae hi'n meddwl am faw cŵn drwy'rrr amser!
Does dim plant yn yrr ystafell hon!'

'Gan bwyll!' gwaeddodd y wrach o'r enw Mildred.
'Gan bwyll, bawb! Peidiwch â symud! Dw i'n ei ffroeni
fe eto!' Roedd ei ffroenau lluniaidd enfawr yn symud i
mewn ac allan fel pâr o gynffon pysgod. 'Mae'n mynd
yn gryfach! Mae'n fy nharo'n galetach nawr! All y
gweddill ohonoch chi mo'i arogli fe, 'te?'

Aeth trwyn pob un o'r gwrachod yn yr ystafell honno fry i'r awyr a dechreuodd pob un o'r ffroenau sugno a ffroeni.

'Mae hi'n iawn!' gwaeddodd llais arall. 'Mae hi'n hollol iawn! Baw cŵn yw e, yn gryf ac yn ffiaidd!'

Mewn ychydig eiliadau, roedd pob un o'r gwrachod oedd wedi ymgynnull yno wedi dechrau gweiddi bod baw cŵn yno, fel roeddwn i wedi ofni. 'Baw cŵn!' gwaeddon nhw. 'Mae'r ystafell yn llawn ohono! Pach! Paa-aa-aa-aa-aa-aa-aaach! Pam na wnaethon ni ei arogli fe o'r blaen! Mae'n drewi fel carthffos! Rhaid bod rhyw walch bach yn cuddio heb fod ymhell iawn o'r fan hyn!'

'Chwiliwch amdano!' sgrechiodd Y Brif Uchel Wrach. 'Dilynwch y trrrywydd! Ewch i'w wrrraidd e! Dilynwch eich trwynau tan i chi ei gael e!'

Roedd y gwallt ar fy mhen yn sefyll yn syth fel blew brws ewinedd a daeth chwys oer drosof i gyd.

'Ewch i'w wrrraidd e, y saig yma o faw!' gwichiodd Y Brif Uchel Wrach. 'Peidiwch â gadael iddo ddianc! Os yw e i mewn fan hyn, fe fydd fedi gweld y pethau mwyaf cyfrrrinachol. Rhaid ei ddifetha arrr unwaith!'

Metamorffosis

Dw i'n cofio meddwl i mi fy hunan, *Does dim dianc
nawr! Hyd yn oed os ceisia i ddianc a llwyddo i osgoi pob un
ohonyn nhw, bydda i'n dal i fethu mynd allan oherwydd bod
y drysau wedi'u cadwyno a'u cloi! Dyma'r diwedd! Mae hi ar
ben arna i! O, Mam-gu, beth maen nhw'n mynd i'w wneud i
mi?*

Edrychais o'm cwmpas a gwelais wyneb hyll gwrach a
phaent a phowdr drosto yn syllu i lawr arnaf. Agorodd
yr wyneb ei geg a gweiddi'n fuddugoliaethus, 'Dyma
fe! Y tu ôl i'r sgrin! Dewch i'w ddal e!' Estynnodd y
wrach ei llaw a maneg amdani a chydio ynof gerfydd fy
ngwallt, ond llwyddais i ddod yn rhydd a dianc. Dyma
fi'n rhedeg, o, rhedais fel y gwynt! Roedd arswyd yr
holl beth wedi rhoi adenydd i'm traed! Hedfanais o
gwmpas ochrau'r Ystafell Ddawnsio fawr a doedd gan
ddim un ohonynt obaith o'm dal i. Wrth i mi gyrraedd
y drysau, oedais a cheisio eu hagor nhw, ond roedd y
gadwyn fawr arnynt a wnaethon nhw ddim symud hyd
yn oed.

Doedd y gwrachod ddim wedi ffwdanu rhedeg ar fy
ôl. Aros mewn grwpiau bach wnaethon nhw, gan
fy ngwylio a gwybod yn siŵr nad oedd ffordd i mi
ddianc. Roedd nifer ohonynt yn dal eu trwynau â'u
bysedd mewn menig ac roedden nhw'n gweiddi,
'Pach! Dyna ddrewdod! Allwn ni ddim dioddef hyn yn
llawer rhagor!'

'Daliwch e 'te, y twpsod!' sgrechiodd Y Brif Uchel Wrach o'r llwyfan. 'Gwasgarrrwch mewn llinell ar drrraws yr ystafell ac ewch yn nes ato a chydio ynddo! Cornelwch y cornwyd bach ffiaidd a'i ddal a dowch ag ef i fyny yma i mi!'

Gwasgarodd y gwrachod fel dywedodd hi wrthyn nhw. Daethon nhw tuag ataf, rhai o un ochr, rhai o'r ochr arall, a daeth rhai i lawr y canol rhwng y rhesi o gadeiriau gwag. Roedden nhw'n siŵr o'm dal i nawr. Roedden nhw wedi fy nghornelu i.

Mewn arswyd llwyr, dechreuais sgrechian. *'Help!'* sgrechiais, gan droi fy mhen tuag at y drysau yn y gobaith y gallai rhywun y tu allan fy nghlywed. 'Help! Help! Hel-l-l-lp!'

'Daliwch e!' gwaeddodd Y Brif Uchel Wrach. 'Cyd-iwch ynddo fe! Rhowch daw arrr ei feiddi fe!'

Dyma nhw'n rhuthro ata i wedyn, a chydiodd tua phump ohonyn nhw ynof gerfydd fy mreichiau a'm coesau a'm codi oddi ar y llawr. Daliais ati i sgrechian ond rhoddodd un ohonynt law a maneg amdani dros fy ngheg a rhoddodd hynny daw arnaf.

'Dewch ag ef yma!' gwaeddodd Y Brif Uchel Wrach. 'Dewch â'rrr gwalch drwg fu'n ysbïo arnon ni i fyny yma ataf i!'

Cefais fy nghario ar y llwyfan a'm breichiau a'm coesau wedi'u dal yn dynn gan nifer o ddwylo, a dyna lle roeddwn i'n hofran yn yr awyr, yn wynebu'r nenfwd. Gwelais Y Brif Uchel Wrach yn sefyll uwch fy mhen, yn gwenu arna i yn y modd mwyaf erchyll. Daliodd y botel fach las o Wneuthurwr Llygod i fyny ac meddai, 'Nawr

am ychydig o feddyginiaeth! Daliwch ei drwyn i wneud iddo agor ei geg!'

Daliodd bysedd cryf yn fy nhrwyn. Cadwais fy ngheg ar gau'n glep a dal fy anadl. Ond allwn i ddim gwneud hynny am yn hir. Roedd fy mrest ar fin ffrwydro. Agorais fy ngheg i gael un llwnc mawr cyflym o aer ac wrth i mi wneud hynny, dyma'r Brif Uchel Wrach yn arllwys cynnwys y botel fach i gyd i lawr fy ngwddf!

O, y boen a'r tân! Roedd fel petai llond tegell o ddŵr berwedig wedi cael ei arllwys i'm ceg. Roedd fy ngwddf ar dân! Yna'n sydyn iawn dyma'r teimlad llosgi rhuddo deifio'n dechrau lledu i lawr i'm brest ac i mewn i'm bola ac ymlaen ac ymlaen i'm breichiau a'm coesau a dros fy nghorff i gyd. Dyma fi'n sgrechian a sgrechian ond unwaith eto caeodd y llaw oedd yn gwisgo maneg yn glep dros fy ngwefusau. Y peth nesaf a deimlais oedd fy nghroen yn dechrau tynhau. Pa ffordd arall sydd i ddisgrifio'r peth? Yn llythrennol, dyma'r croen dros fy nghorff i gyd yn tynhau ac yn crebachu o'm corun i flaenau fy mysedd a hyd flaenau bysedd fy nhraed. Roeddwn i'n teimlo fel petawn i'n falŵn a bod rhywun yn troi pen y balŵn ac yn troi a throi ac roedd y balŵn yn mynd yn llai ac yn llai ac roedd y croen yn mynd yn dynnach ac yn dynnach a chyn hir roedd e'n mynd i ffrwydro.

Wedyn dechreuodd y *gwasgu*. Y tro hwn roeddwn i mewn siwt o haearn ac roedd rhywun yn troi sgriw ac wrth i'r sgriw droi roedd y siwt haearn yn mynd yn llai ac yn llai fel fy mod i'n cael fy ngwasgu fel oren yn llanast o bwlp a'r sudd yn rhedeg allan o'm hochrau.

Wedi hynny teimlais ryw bigo ffyrnig dros fy nghroen i gyd (neu beth oedd ar ôl o'm croen) fel petai nodwyddau pitw bach yn gwthio eu ffordd allan drwy wyneb y croen o'r tu fewn. Dw i'n sylweddoli nawr mai ffwr y llygoden yn tyfu oedd hyn.

Ymhell yn y pellter, clywais lais Y Brif Uchel Wrach yn gweiddi 'Pum can dos! Mae'r corrrnwyd bach drrrew-llyd fedi cael pum can dos ac mae'rrr cloc larrrwm fedi cael ei falu a nawr rydyn ni'n cael *gweithrediad union-syth*!' Clywais guro dwylo a chymeradwyo a dw i'n cofio meddwl: *Nid fi fy hunan ydw i bellach! Dw i wedi mynd yn llwyr allan o'm croen fy hun!*

Sylwais mai dim ond modfedd oddi wrth fy nhrwyn yr oedd y llawr.

Hefyd sylwais ar bâr o bawennau blaen llawn ffwr yn gorffwys ar y llawr. Roeddwn i'n gallu symud y pawennau hynny. Fi oedd piau nhw!

Yr eiliad honno, sylweddolais nad bachgen bach oeddwn i bellach. LLYGODEN oeddwn i.

'Nawrrr am y trrrap llygod!' clywais Y Brif Uchel Wrach yn gweiddi. 'Mae e gyda fi fan hyn! A dyma ddarrrn o gaws!'

Ond doeddwn i ddim yn mynd i aros am hynny. I ffwrdd â mi ar draws y llwyfan fel mellten! Roeddwn i'n rhyfeddu at fy nghyflymdra fy hun! Neidiais dros draed gwrachod ar y dde a'r chwith, ac mewn dim o dro roeddwn wedi mynd i lawr y grisiau ac ar lawr yr Ystafell Ddawnsio ei hun ac yn ei baglu hi yng nghanol

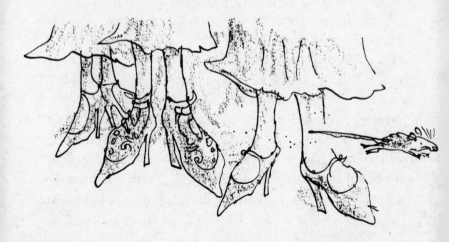

y rhesi o gadeiriau. Yr hyn roeddwn i'n ei hoffi orau oedd y ffaith nad oeddwn i'n gwneud unrhyw sŵn o gwbl wrth redeg. Roeddwn i'n symud yn sydyn ac yn dawel. Ac yn ddigon rhyfeddol, roedd y boen i gyd wedi mynd nawr. Roeddwn i'n teimlo'n rhyfeddol o dda. *Dyw e ddim yn beth drwg wedi'r cyfan*, meddyliais i mi fy hun, *cael bod yn fach yn ogystal â chyflym pan fydd criw o fenywod peryglus am dy waed di.* Dewisais goes gefn cadair a gwasgais i fyny yn ei herbyn ac aros yn llonydd iawn.

Yn y pellter, roedd Y Brif Uchel Wrach yn gweiddi, 'Gadewch yr hen ddrrrewgi i fod. Dyw hi ddim gwerrrth poeni amdano! Dim ond llygoden yw e nawr! Fe fydd rhywun arrrall yn ei ddal cyn hir! Gadewch i ni fynd allan! Mae'rrr cyfarfod arrr ben! Datglowch y drrrws ac i ffwrdd â chi i Derrras yr Heulfen i gael te gyda'rrr Rheolwrrr twp yna!'

Bruno

Syllais o gwmpas coes y gadair a gwylio'r cannoedd o draed gwrachod yn cerdded allan drwy ddrysau'r Ystafell Ddawnsio. Pan oedden nhw i gyd wedi mynd a'r lle'n gwbl dawel, dechreuais symud o gwmpas yn ofalus ar y llawr. Yn sydyn cofiais am Bruno. Rhaid ei fod o gwmpas fan hyn yn rhywle, hefyd. 'Bruno!' gwaeddais yn uchel.

Doeddwn i ddim wir yn disgwyl y byddwn yn gallu siarad o gwbl a minnau'n llygoden bellach, felly cefais sioc fy mywyd pan glywais fy llais fy hunan, fy llais cwbl normal ac eithaf uchel fy hun, yn dod allan o'm ceg bitw fach.

Roedd e'n wych. Roeddwn i wrth fy modd. Rhoddais gynnig arall arni. 'Bruno Jenkins, ble rwyt ti?' galwais. 'Os wyt ti'n gallu fy nghlywed i, rho waedd!'

Roedd y llais yn union yr un fath ac yr un mor uchel ag oedd pan oeddwn i'n blentyn. 'Hei nawr, Bruno Jenkins!' galwais. 'Ble rwyt ti?'

Doedd dim ateb.

Crwydrais o gwmpas rhwng coesau'r seddi'n ceisio dod yn gyfarwydd â bod mor agos at y llawr. Penderfynais fy mod yn eithaf hoff o hynny. Mae'n siŵr dy fod ti'n meddwl pam nad oeddwn i'n drist o gwbl. Fe'm cefais fy hunan yn meddwl. *Beth sydd mor wych am fod yn fachgen bach beth bynnag? Pam mae hynny wir yn well na bod yn llygoden? Dw i'n gwybod bod llygod yn cael eu hela a'u bod weithiau'n cael eu gwenwyno neu eu dal mewn trapiau. Ond gall bechgyn bach gael eu lladd, hefyd. Gall bechgyn bach gael eu bwrw gan geir neu gallan nhw farw o ryw salwch ofnadwy. Mae bechgyn bach yn gorfod mynd i'r ysgol. Dyw llygod ddim. Does dim rhaid i lygod basio arholiadau. Does dim rhaid i lygod boeni am arian. Dim ond dau elyn sydd gan lygod, hyd y gwelaf i, bodau dynol a chathod. Bod dynol yw fy mam-gu, ond dw i'n gwybod yn siŵr y bydd hi bob amser yn fy ngharu pwy bynnag ydw i. A dyw hi byth, diolch byth, yn cadw cath. Pan fydd llygod yn tyfu, does dim rhaid iddyn nhw fynd i ryfela ac ymladd yn erbyn llygod pobl eraill. Mae llygod, roeddwn i'n teimlo'n eithaf siŵr, i gyd yn hoffi ei gilydd. Dyw pobl ddim.*

Yn wir, meddwn i wrthyf fy hunan, *dw i ddim yn meddwl bod bod yn llygoden yn beth drwg o gwbl.*

Roeddwn i'n crwydro o gwmpas llawr yr Ystafell Ddawnsio'n meddwl am hyn i gyd pan sylwais ar lygoden arall. Roedd hi'n cyrcydu ar y llawr yn dal darn o fara yn ei phawennau blaen ac yn ei gnoi'n awchus iawn.

Rhaid mai Bruno oedd y llygoden. 'Helô, Bruno,' meddwn i.

Edrychodd i fyny arna i am ryw ddwy eiliad, yna daliodd ati i lowcio.

'Beth wyt ti wedi'i gael?' gofynnais iddo.

'Un ohonon nhw ollyngodd e,' atebodd. 'Brechdan past pysgod yw hi. Mae hi'n eithaf ffein.'

Roedd yntau hefyd yn siarad â llais hollol normal. Byddai rhywun wedi disgwyl i lygoden (os oedd hi'n mynd i siarad o gwbl) siarad â'r llais lleiaf a mwyaf gwichlyd y gallet ti ei ddychmygu. Roedd hi'n ddychrynllyd o ddoniol clywed llais Bruno, oedd braidd yn uchel ei

gloch, yn
dod allan o
lwnc y llygoden
bitw fach honno.

'Gwrandawa, Bruno,' meddwn
i. 'Gan ein bod ni'n dau'n llygod nawr, dw i'n meddwl
y dylen ni ddechrau meddwl ychydig am y dyfodol.'

Rhoddodd y gorau i fwyta a syllu arnaf â llygaid bach
duon. 'Beth wyt ti'n feddwl "ni"?' meddai. 'Dyw'r ffaith
dy fod ti'n llygoden yn ddim i'w wneud â mi.'

'Ond llygoden wyt ti hefyd, Bruno.'

'Paid â bod yn ddwl,' meddai. 'Nid llygoden dw i.'

'Dw i'n ofni mai llygoden wyt ti, Bruno.'

'Nid llygoden dw i o gwbl!' gwaeddodd. 'Pam rwyt
ti'n fy sarhau i? Dw i ddim wedi bod yn sarhaus wrthot
ti! Pam rwyt ti'n fy ngalw *i*'n llygoden?'

'Dwyt ti ddim yn gwybod beth sydd wedi digwydd i
ti?' meddwn i.

'Am beth yn y byd rwyt ti'n siarad?' meddai Bruno.

'Rhaid i mi ddweud wrthot ti,' meddwn i, 'fod y
gwrachod wedi dy droi di'n llygoden ychydig amser yn
ôl. Wedyn fe wnaethon nhw'r un peth i mi.'

'Rwyt ti'n dweud celwydd!' gwaeddodd. 'Nid llygoden
ydw i!'

'Petaet ti heb fod mor brysur yn llowcio'r frechdan
yna,' meddwn i, 'fe fyddet ti wedi
sylwi ar dy bawennau blewog. Edrych
arnyn nhw.'

Edrychodd Bruno i lawr
ar ei bawennau. Neidiodd.

'Arswyd y byd!' gwaeddodd. 'Llygoden *ydw* i! Aros tan i 'nhad glywed am hyn!'

'Efallai y bydd e'n meddwl ei fod e'n welliant,' meddwn i.

'Dw i ddim eisiau bod yn llygoden!' gwaeddodd Bruno, a neidio i fyny ac i lawr. 'Dw i'n gwrthod bod yn llygoden! Bruno Jenkins dw i!'

'Mae pethau gwaeth na bod yn llygoden,' meddwn i. 'Fe gei di fyw mewn twll.'

'Dw i ddim eisiau byw mewn twll!' gwaeddodd Bruno.

'Ac fe gei di sleifio i'r pantri yn y nos,' meddwn i, 'a chnoi drwy'r holl becynnau o resins a chreision ŷd a bisgedi siocled a phopeth arall rwyt ti'n gallu dod o hyd iddo. Fe gei di aros yno drwy'r nos yn bwyta nes dy fod ti'n ddwl. Dyna mae llygod yn ei wneud.'

'Nawr mae hynny'n syniad,' meddai Bruno, gan fywiogi ychydig. 'Ond sut dw i'n mynd i agor drws yr oergell i gael gafael ar y cyw iâr oer a'r holl weddillion? Dw i'n gwneud hynny gartref bob nos.'

'Efallai y bydd dy dad cyfoethog yn cael oergell fach arbennig i lygod, dim ond i ti,' meddwn i. 'Un y byddi di'n gallu ei hagor.'

'Wyt ti'n dweud mai gwrach wnaeth hyn i mi?' meddai Bruno. 'Pa wrach?'

'Yr un roddodd y barryn siocled i ti yng nghyntedd y gwesty ddoe,' dywedais wrtho. 'Dwyt ti ddim yn cofio?'

'Yr hen sguthan!' gwaeddodd. 'Fe'i caf hi am hyn! Ble mae hi? Pwy yw hi?'

'Anghofia fe,' meddwn i. 'Does dim gobaith caneri gyda ti. Dy broblem fwyaf di nawr yw dy rieni. Sut maen nhw'n mynd i gymryd hyn? A fyddan nhw'n dy drin di â chydymdeimlad a charedigrwydd?'

Ystyriodd Bruno hyn am eiliad. 'Dw i'n meddwl,' meddai, 'y bydd hyn yn dipyn o siom i 'nhad.'

'A dy fam?'

'Mae llygod yn codi arswyd arni,' meddai Bruno.

'Felly mae problem gyda ti, on'd oes e?'

'Pam dim ond fi?' meddai. 'Beth amdanat ti?'

'Fe fydd fy mam-gu'n deall yn iawn,' meddwn i. 'Mae hi'n gwybod popeth am wrachod.'

Cnôdd Bruno ei frechdan unwaith eto. 'Beth wyt ti'n ei awgrymu?' meddai.

'Dw i'n awgrymu ein bod ni'n dau'n mynd at fy mam-gu'n gyntaf,' meddwn i. 'Fe fydd hi'n gwybod yn union beth i'w wneud.'

Symudais tuag at y drysau, a oedd ar agor. Dilynodd Bruno fi, gan ddal i gydio mewn darn o'r frechdan ag un bawen.

'Pan fyddwn ni'n mynd allan i'r coridor,' meddwn i, 'rydyn ni'n mynd i redeg fel y gwynt. Aros yn agos at y wal yr holl ffordd a dilyn fi. Paid â siarad a phaid â gadael i neb dy weld di. Paid ag anghofio mai ceisio dy ladd di y bydd bron pawb a fydd yn cael cip arnat ti.'

Tynnais y frechdan o'i bawen a'i thaflu ymaith. 'Dyma ni 'te,' meddwn i. 'Aros y tu ôl i mi.'

Helô, Mam-gu

Cyn gynted ag roeddwn i allan o'r Ystafell Ddawnsio, i ffwrdd â mi fel y gwynt. Rhuthrais ar hyd y coridor, drwy'r Lolfa a'r Ystafell Ddarllen a'r Llyfrgell a'r Parlwr a chyrraedd y grisiau. I fyny'r grisiau â mi, gan neidio'n eithaf rhwydd o un gris i'r llall, a chadw'n glòs at y wal drwy'r amser. 'Wyt ti gyda fi, Bruno?' sibrydais.

'Yn union fan hyn,' meddai.

Roedd ystafelloedd fy mam-gu a minnau ar y pumed llawr. Roedd tipyn o waith dringo, ond llwyddon ni heb gwrdd ag un person ar y ffordd oherwydd roedd pawb yn defnyddio'r lifft. Ar y pumed llawr, rhuthrais ar hyd y coridor i ddrws ystafell fy mam-gu. Roedd pâr o'i hesgidiau y tu allan i'r drws yn barod i'w glanhau. Roedd Bruno wrth fy ymyl. 'Beth wnawn ni nawr?' meddai.

Yn sydyn, sylwais ar forwyn ystafell yn dod ar hyd y coridor tuag atom. Gwelais ar unwaith mai hi oedd yr un a oedd wedi dweud wrth y Rheolwr fy mod i'n cadw llygod gwyn. Felly, nid dyma'r math o berson roeddwn i eisiau cwrdd â hi yn fy nghyflwr presennol. 'Glou!' meddwn wrth Bruno. 'Cuddia yn un o'r esgidiau yna!' Rhoddais herc i mewn i un esgid a rhoddodd Bruno herc i mewn i'r llall. Arhosais i'r forwyn gerdded heibio i ni. Wnaeth hi ddim. Pan ddaeth hi at yr esgidiau, plygodd a'u codi. Wrth wneud hyn, rhoddodd ei llaw'n union y tu mewn i'r un roeddwn i'n cuddio ynddi. Pan gyffyrddodd un o'i bysedd â mi, dyma fi'n ei gnoi. Roedd e'n beth dwl i'w wneud, ond gwnes i fe'n reddfol, heb feddwl. Dyma'r forwyn yn rhoi sgrech nes bod rhaid bod llongau ymhell allan yn y Sianel wedi'i chlywed hi, a gollwng yr esgidiau a rhedeg fel y gwynt i lawr y coridor.

Agorodd drws fy mam-gu. 'Beth yn y byd sy'n digwydd allan fan hyn?' meddai. Dyma fi'n mynd fel saeth rhwng ei choesau i'w hystafell a Bruno yn fy nilyn.

'Caea'r drws, Mam-gu!' gwaeddais. 'Brysia, plis!'

Edrychodd o gwmpas a gweld dwy lygoden fach frown ar y carped. 'Plis caea'r drws,' meddwn, a'r tro hwn gwelodd hi fi'n siarad a dyma hi'n adnabod fy llais. Rhewodd ac aros yn gwbl llonydd. Yn sydyn aeth pob rhan o'i chorff, ei bysedd a'i dwylo a'i breichiau a'i phen, fel delw marmor. Trodd ei hwyneb hyd yn oed yn fwy gwelw na marmor ac roedd ei llygaid wedi agor mor llydan nes y gallwn weld y gwyn o'u hamgylch i gyd. Yna dechreuodd grynu. Meddyliais ei bod hi'n mynd i lewygu a chwympo.

'Plis caewch y drws yn gyflym, Mam-gu,' meddwn i. 'Fe allai'r hen forwyn ofnadwy 'na ddod i mewn.'

Rywsut, llwyddodd i ddod ati ei hun ddigon i gau'r drws. Pwysodd yn ei erbyn, gan syllu i lawr arnaf, a'i hwyneb yn welw ac yn crynu i gyd. Gwelais ddagrau'n dechrau dod o'i llygaid ac yn treiglo i lawr ei bochau.

'Peidiwch â chrio, Mam-gu,' meddwn i. 'Fe allai pethau fod yn llawer gwaeth. Fe lwyddais i ddianc oddi wrthyn nhw. Dw i'n dal yn fyw. A Bruno hefyd.'

Yn araf iawn, plygodd a'm codi ag un llaw. Yna cododd Bruno â'r llaw arall a'n rhoi ni'n dau ar y bwrdd. Roedd powlen o fananas yng nghanol y bwrdd a dyma Bruno'n neidio'n syth i mewn iddi ac yn dechrau rhwygo croen un o'r bananas â'i ddannedd i gyrraedd y ffrwyth y tu mewn.

Gafaelodd fy mam-gu ym mraich ei chadair i'w sadio ei hun, ond daliodd i edrych arnaf drwy'r amser.

'Eisteddwch, Mam-gu annwyl,' meddwn i.

Syrthiodd fel sach i'w chadair.

'O, cariad bach,' mwmialodd a nawr roedd y dagrau wir yn llifo i lawr ei bochau. 'O 'nghariad bach annwyl i. Beth *maen* nhw wedi'i wneud i ti?'

'Dw i'n gwybod beth maen nhw wedi'i wneud, Mam-gu, a dw i'n gwybod beth ydw i, ond y peth rhyfedd yw nad ydw i'n teimlo'n rhy wael am y peth, wir. Dw i ddim hyd yn oed yn teimlo'n grac. Mewn gwirionedd, dw i'n teimlo'n eithaf da. Dw i'n gwybod nad bachgen ydw i mwyach ac na fydda i byth yn fachgen eto, ond fe fydda i'n iawn ond i ti fod yno i ofalu amdanaf i.' Nid ceisio ei chysuro'n unig roeddwn i. Roeddwn i'n gwbl onest am sut roeddwn i'n teimlo. Efallai dy fod ti'n meddwl ei bod hi'n rhyfedd nad oeddwn i'n crio fy hunan. Roedd hi *yn* rhyfedd. Alla i ddim egluro'r peth o gwbl.

'Wrth gwrs y gofala i amdanat ti,' mwmialodd fy mam-gu. 'Pwy yw'r llall?'

'Bachgen o'r enw Bruno Jenkins oedd hwnna,' meddwn i. 'Fe ddalion nhw fe'n gyntaf.'

Tynnodd fy mam-gu sigâr ddu hir newydd allan o gês yn ei bag llaw a'i rhoi yn ei cheg. Yna tynnodd flwch o fatsys allan. Taniodd fatsien ond roedd ei bysedd yn crynu cymaint fel bod y fflam yn methu pen y sigâr o hyd. Pan lwyddodd i'w chynnau o'r diwedd, cymerodd bwff fawr a sugno'r mwg i mewn. Roedd hynny fel petai'n ei thawelu rywfaint.

'Ble digwyddodd hyn?' sibrydodd. 'Ble mae'r wrach nawr? Ydy hi yn y gwesty hwn?'

'Mam-gu,' meddwn i. 'Nid dim ond un oedd yno. Roedd *cannoedd* ohonyn nhw! Maen nhw ym mhob-man! Maen nhw fan hyn yn y gwesty'r eiliad hon!'

Pwysodd ymlaen a syllu arnaf. 'Dwyt ti ddim yn dweud . . . dwyt ti ddim wir yn dweud . . . dwyt ti ddim eisiau dweud wrtha i eu bod nhw'n cynnal y Cyfarfod Blynyddol fan hyn yn y gwesty?'

'Maen nhw wedi'i gynnal e, Mam-gu! Mae e wedi dod i ben! Fe glywais i bopeth! Ac mae pob un ohonyn nhw, gan gynnwys Y Brif Uchel Wrach ei hun, i lawr y grisiau nawr! Maen nhw'n esgus mai nhw yw'r

Gymdeithas Frenhinol er Atal Creulondeb i Blant! Maen nhw i gyd yn cael te gyda'r Rheolwr!'

'Ac fe ddalion nhw ti?'

'Fe ffroenon nhw fi,' meddwn i.

'Baw cŵn, ie?' meddai, gan ochneidio.

'Ie, yn anffodus. Ond doedd e ddim yn gryf. Fe fu bron iawn iddyn nhw fethu fy arogli oherwydd nad oeddwn i wedi cael bath ers oesoedd.'

'Ddylai plant *byth* gael bath,' meddai fy mam-gu. 'Mae'n arfer peryglus.'

'Dw i'n cytuno, Mam-gu.'

Oedodd, gan sugno ar ei sigâr.

'Wyt ti *wir* yn dweud wrtha i eu bod nhw i gyd i lawr y grisiau'n cael te nawr?'

'Dw i'n siŵr, Mam-gu.'

Bu saib arall. Gallwn weld hen fflach o gyffro'n dod 'nôl yn araf i lygaid fy mam-gu, ac yn sydyn reit, dyma hi'n codi ar ei heistedd yn syth iawn yn ei chadair a dweud yn swta, 'Dwed bopeth wrtha i, o'r dechrau'n deg. A brysia, plis.'

Tynnais anadl ddofn a dechrau siarad. Soniais am fynd i'r Ystafell Ddawnsio a chuddio y tu ôl i'r sgrin i hyfforddi'r llygod. Soniais am yr arwydd yn dweud Cymdeithas Frenhinol er Atal Creulondeb i Blant. Soniais wrthi am yr holl fenywod yn dod i mewn ac yn eistedd i lawr ac am y fenyw fach a ymddangosodd ar y llwyfan a thynnu ei masg. Ond pan oedd rhaid disgrifio ei hwyneb o dan y masg, allwn i ddim dod o hyd i'r geiriau cywir. 'Roedd e'n ofnadwy, Mam-gu!' meddwn i. 'O, roedd e mor ofnadwy! Roedd e . . . roedd e fel rhywbeth oedd yn pydru!'

'Dwed ti,' meddai fy mam-gu. 'Dal ati.'

Wedyn dywedais wrthi am y lleill i gyd yn tynnu'r wigiau a'r menig a'r esgidiau, a sut y gwelais o'm blaen fôr o bennau moel â smotiau a sut roedd crafangau bach ar fysedd y menywod a sut roedd eu traed heb fysedd traed.

Roedd fy mam-gu wedi symud ymlaen nawr yn ei chadair fel ei bod yn eistedd ar ei blaen yn deg. Roedd ei dwy law'n gwpan am fwlyn aur y ffon roedd hi'n ei defnyddio i gerdded bob amser, ac roedd hi'n syllu arnaf â llygaid mor loyw â dwy seren.

Wedyn dywedais wrthi sut roedd Y Brif Uchel Wrach wedi saethu'r gwreichion eirias tanllyd allan a sut roedden nhw wedi troi un o'r gwrachod eraill yn bwff o fwg.

'Dw i wedi clywed am hynny!' gwaeddodd fy mam-gu'n gyffrous. 'Ond doeddwn i ddim yn ei gredu! Ti yw'r person cyntaf sydd ddim yn wrach i'w weld yn digwydd! Dyna gosb enwocaf Y Brif Uchel Wrach! Mae'n cael ei alw'n "cael eich ffrio" ac mae'r holl wrachod eraill yn arswydo rhag i'r peth ddigwydd iddyn nhw! Maen nhw'n dweud wrtha i ei bod hi'n rheol gan Y Brif Uchel Wrach i ffrio o leiaf un wrach yn eu Cyfarfod Blynyddol. Mae hi'n ei wneud er mwyn cadw gweddill y gwrachod ar flaenau'u traed.'

'Ond does dim blaenau traed *gyda* nhw, Mam-gu.'

'Dw i'n *gwybod* nad oes, cariad bach, ond dwed ti'r stori, plis.'

Felly dywedais wrth fy mam-gu wedyn am y Gwneuth-urwr Llygod Hwyrweithredol, a phan ddes i at y rhan am droi holl blant Lloegr yn llygod, dyma hi'n neidio o'i chadair ac yn gweiddi, 'Ro'n i'n gwybod! Ro'n i'n gwybod bod rhywbeth anferthol ar y gweill gyda nhw!'

'Rhaid i ti eu rhwystro nhw,' meddwn i.

Trodd a syllu arnaf. 'Elli di ddim rhwystro gwrachod,' meddai. 'Edrych ar y nerth sydd gan Y Brif Uchel Wrach erchyll yna yn ei llygaid yn unig! Fe allai hi ladd unrhyw un ohonom ar unrhyw adeg â'r gwreichion eirias yna sydd ganddi! Fe welaist ti fe dy hunan!'

'Eto i gyd, Mam-gu, mae'n rhaid i ni ei rhwystro hi rhag troi holl blant Lloegr yn llygod.'

123

'Dwyt ti ddim wedi gorffen yn iawn eto,' meddai.
'Dwed wrtha i am Bruno. Sut gawson nhw *fe*?'

Felly disgrifiais sut roedd Bruno Jenkins wedi dod i
mewn a sut roeddwn i wedi'i weld â'm llygaid fy hunan
yn cael ei droi'n llygoden. Edrychodd fy mam-gu
ar Bruno, a oedd wrthi'n llenwi ei fol yn y bowlen
bananas.

'Fydd e byth yn stopio bwyta?' gofynnodd.

'Byth,' meddwn i. 'Elli dì egluro rhywbeth i mi,
Mam-gu?'

'Fe rof i gynnig arni,' meddai. Dyma hi'n ymestyn ac
yn fy nghodi oddi ar y bwrdd ac yn fy rhoi yn ei chôl.
Yn dyner iawn, dechreuodd anwesu'r ffwr meddal ar

hyd fy nghefn. Roedd e'n deimlad braf. 'Beth wyt ti eisiau gofyn i mi, cariad?' gofynnodd.

'Y peth dw i ddim yn ei ddeall,' meddwn i, 'yw sut mae Bruno a finnau'n gallu siarad a meddwl fel roedden ni o'r blaen.'

'Mae'n ddigon syml,' meddai fy mam-gu. 'Y cyfan maen nhw wedi'i wneud yw dy wneud di'n fach a rhoi pedair coes a chôt ffwr i ti, ond dydyn nhw ddim wedi gallu dy droi di'n llygoden gant y cant. Ti wyt ti o hyd o ran popeth heblaw am sut rwyt ti'n edrych. Mae dy feddwl dy hunan gyda ti a'th ymennydd dy hunan a'th lais dy hunan, a diolch byth am hynny.'

'Felly nid llygoden *gyffredin* ydw i o gwbl,' meddwn i. 'Rhyw fath o lygoden-person ydw i.'

'Eitha reit,' meddai. 'Bod dynol mewn dillad llygoden wyt ti. Rwyt ti'n arbennig iawn.'

Eisteddon ni yno'n dawel am rai eiliadau wrth i Mam-gu ddal ati i roi anwes tyner iawn i mi ag un bys a phwffian wrth ei sigâr â'r llaw arall. Bruno oedd yn gwneud yr unig sŵn yn yr ystafell wrth iddo ymosod ar y bananas yn y bowlen. Ond doeddwn i ddim yn gwneud dim wrth i mi orwedd yno yn ei chôl. Roeddwn i'n meddwl fel yr andros. Roedd fy ymennydd yn chwyrlïo fel nad oedd wedi chwyrlïo erioed o'r blaen.

'Mam-gu,' meddwn i. 'Efallai bod tipyn o syniad gyda fi.'

'Ie, cariad. Beth yw e?'

'Fe ddywedodd Y Brif Uchel Wrach wrthyn nhw mai 454 oedd rhif ei hystafell. Iawn?'

'Iawn,' meddai hi.

'Wel, 554 yw rhif fy ystafell i. Mae fy un i, 554, ar y pumed llawr, felly fe fydd ei hystafell hi, 454, ar y pedwerydd llawr.'

'Cywir,' meddai fy mam-gu.

'Felly dwyt ti ddim yn meddwl ei bod hi'n bosibl fod ystafell 454 yn union o dan ystafell 554?'

'Mwy na thebyg,' meddai. 'Mae'r gwestai modern yma i gyd wedi'u hadeiladu fel blychau o frics. Ond beth os yw hi?'

'A wnei di fynd â fi allan ar falconi fy ystafell i er mwyn i mi gael edrych i lawr,' meddwn i.

Roedd gan bob ystafell yn Hotel Magnificent falconi preifat bychan. Cariodd fy mam-gu fi drwodd i'm hystafell wely ac allan i'r balconi. Syllon ni ein dau i lawr ar y balconi'n union oddi tanom.

'Nawr os *mai* dyna ei hystafell hi,' meddwn i, 'fe fentra i y gallwn i ddringo i lawr rywsut a mynd i mewn.'

'A chael dy ddal unwaith eto,' meddai fy mam-gu. 'Chei di ddim.'

'Yr eiliad hon,' meddwn i, 'mae pob un o'r gwrachod i lawr ar Deras yr Heulwen yn cael te gyda'r Rheolwr. Mae'n debyg na fydd Y Brif Uchel Wrach 'nôl tan chwech o'r gloch neu'n union cyn hynny. Dyna pryd mae hi'n mynd i roi cyflenwad o'r fformiwla ffiaidd yna i'r rhai hynafol sy'n rhy hen i ddringo coed i chwilio am wyau rhochod.'

'A beth petaet ti'n llwyddo i fynd i mewn i'w hystafell hi?' meddai fy mam-gu. 'Beth wedyn?'

'Wedyn fe ddylwn i geisio dod o hyd i'r lle mae hi'n cadw ei chyflenwad o Wneuthurwr Llygod Hwyrweithredol, a phetawn i'n llwyddo, yna fe fyddwn i'n dwyn potelaid ohono ac yn dod ag e 'nôl fan hyn.'

'Allet ti ei gario e?'

'Dw i'n meddwl y gallwn i,' meddwn i. 'Potel fach iawn yw hi.'

'Dw i'n ofni'r stwff yna,' meddai fy mam-gu. 'Beth fyddet ti'n ei wneud ag e taset ti'n llwyddo i'w gael e?'

'Mae un botelaid yn ddigon i bum cant o bobl,' meddwn i. 'Fe fyddai hynny'n rhoi dwbl dos o leiaf i bob copa wrachog i lawr fan 'na. Fe allen ni eu troi nhw i gyd yn llygod.'

Dyma fy mam-gu'n neidio ryw fodfedd i'r awyr. Roedden ni allan ar y balconi ac roedd cwymp o ryw filiwn troedfedd oddi tanon ni a bu bron i mi lamu o'i llaw dros y rheilen pan neidiodd hi.

'Bydd yn ofalus gyda mi, Mam-gu,' meddwn i.

'Am syniad!' gwaeddodd. 'Mae e'n wych! Mae e'n rhyfeddol! Rwyt ti'n athrylith, cariad!'

'Fe fyddai'n dipyn o beth!' meddwn i. 'Fe fyddai hi wir yn dipyn o beth!'

'Fe fydden ni'n cael gwared ar bob gwrach yn Lloegr ag un ergyd!' gwaeddodd. *'A'r* Brif Uchel Wrach yn y fargen!'

'Mae'n rhaid i ni roi cynnig arni,' meddwn i.

'Gwrandawa,' meddai, a bu bron iddi fy ngollwng dros y balconi eto yn ei chyffro. 'Petaen ni'n llwyddo fan hyn, dyna fyddai'r fuddugoliaeth fwyaf yn holl hanes gwrachyddiaeth!'

'Mae llawer o waith i'w wneud,' meddwn i.

'Wrth gwrs bod llawer o waith i'w wneud,' meddai hi. 'I ddechrau, petaet ti'n llwyddo i gael gafael ar un o'r poteli yna, sut byddet ti'n ei gael i'w bwyd nhw?'

'Fe feddyliwn ni am hynny wedyn,' meddwn i. 'Gad i ni geisio cael y stwff yn gyntaf. Sut gallwn ni ddod i wybod yn iawn mai ei hystafell hi sy'n union oddi tanon ni?'

'Fe awn ni i edrych ar unwaith!' meddai fy mam-gu. 'Dere nawr! Does dim eiliad i'w cholli!' Gan fy nghario yn un llaw, rhuthrodd allan o'r ystafell wely ac ar hyd y coridor, gan daro ei ffon ar y carped gyda phob cam. I lawr un rhes o risiau â ni i'r pedwerydd llawr. Roedd rhifau wedi'u peintio mewn aur ar ddrysau'r ystafell-oedd gwely ar bob ochr i'r coridor.

'Dyma ni!' gwaeddodd fy mam-gu. 'Rhif 454.' Ceis-iodd agor y drws. Roedd ar glo wrth gwrs. Edrychodd i

fyny ac i lawr coridor gwag y gwesty. 'Dw i'n credu dy fod ti'n iawn,' meddai. 'Mae'r ystafell hon bron yn sicr yn union o dan dy un di.' Dyma hi'n martsio 'nôl ar hyd y coridor, gan gyfrif nifer y drysau o ystafell Y Brif Uchel Wrach i'r grisiau. Roedd chwech.

Dringodd i fyny 'nôl i'r pumed llawr a gwneud yr un peth eto.

'Mae hi'n union oddi tanot ti!' gwaeddodd fy mam-gu. 'Mae ei hystafell hi'n union o dan d'un di!'

Cariodd fi 'nôl i'm hystafell wely ac aeth allan unwaith eto i'r balconi. 'Dyna ei balconi hi lawr fan 'na,' meddai. 'Ac ar ben hynny, mae'r drws o'i balconi i'w hystafell wely led y pen ar agor! Sut wyt ti'n mynd i ddringo i lawr?'

'Dwn i ddim,' meddwn i. Roedd ein hystafelloedd ym mhen blaen y gwesty ac yn edrych dros y traeth a'r môr. Yn union o dan y balconi, filoedd o droedfeddi islaw, gallwn weld ffens o reiliau pigog. Petawn i'n cwympo, byddai'n ddiwedd arnaf.

'Dw i'n gwybod!' gwaeddodd fy mam-gu. Gyda fi yn ei llaw, rhuthrodd 'nôl i'w hystafell ei hun a dechrau twrio yn y gist ddroriau. Tynnodd bellen o edafedd gwlân glas allan. Roedd un pen ohoni'n sownd wrth weill a hosan ar ei hanner roedd hi wedi bod yn ei gwau i mi. 'Mae hon yn berffaith,' meddai. 'Fe rof i ti yn yr hosan a'th ollwng i lawr ar falconi'r Brif Uchel Wrach. Ond *rhaid* i ni frysio! Unrhyw eiliad nawr, bydd yr anghenfil yna'n dychwelyd i'w hystafell!'

Y Lleidr-Llygoden

Rhuthrodd fy mam-gu 'nôl â mi i'm hystafell wely fy hunan ac allan i'r balconi. 'Wyt ti'n barod?' gofynnodd. 'Dw i'n mynd i'th roi di yn yr hosan nawr.'

'Gobeithio y llwydda i,' meddwn i. 'Dim ond llygoden fach ydw i.'

'Fe lwyddi di,' meddai. 'Pob lwc, 'nghariad i.'

Rhoddodd fi yn yr hosan a dechrau fy ngollwng dros y balconi. Cyrcydais yn yr hosan a dal fy anadl. Drwy'r pwythau gallwn weld allan yn eithaf clir. Filltiroedd oddi tanaf, roedd y plant oedd yn chwarae ar y traeth yr un maint â chwilod. Dechreuodd yr hosan siglo yn y gwynt. Edrychais i fyny a gweld pen fy mam-gu'n pwyso allan dros reilen y balconi uwchben. 'Rwyt ti bron â chyrraedd!' gwaeddodd. 'Dyma ni! Gofal nawr! Rwyt ti yna!'

Teimlais ysgytiad bychan. 'I mewn â ti!' gwaeddai fy mam-gu. 'Brysia, brysia, brysia! Chwilia'r ystafell!'

Neidiais o'r hosan a rhedeg i ystafell Y Brif Uchel Wrach. Roedd yr un arogl hen yn y lle ag roeddwn i wedi sylwi arno yn yr Ystafell Ddawnsio. Arogl gwrachod oedd e. Roedd e'n fy atgoffa o'r arogl yn nhoiledau cyhoeddus y dynion yn ein gorsaf leol.

Am a welwn i, roedd yr ystafell yn ddigon taclus. Doedd dim arwydd yn unman fod unrhyw un ond person arferol yn aros yno. Ond wedyn fyddai dim arwydd, na fyddai? Fyddai dim un wrach yn ddigon

twp i adael unrhyw beth amheus yn gorwedd o gwmpas i'r forwyn ystafell ei weld.

Yn sydyn gwelais froga'n neidio dros y carped ac yn diflannu o dan y gwely. Neidiais innau hefyd.

'*Brysia*!' daeth llais fy mam-gu o rywle fry'r tu allan. 'Bacha'r stwff ac *allan â ti*!'

Dechreuais wibio o gwmpas a cheisio chwilio'r ystafell. Doedd hyn ddim yn hawdd. Allwn i ddim, er enghraifft,

agor unrhyw un o'r droriau. Allwn i ddim agor drysau'r
cwpwrdd dillad mawr chwaith. Rhoddais y gorau i
ruthro o gwmpas. Eisteddais yng nghanol y llawr a
meddwl. Petai'r Brif Uchel Wrach eisiau cuddio rhyw-
beth hynod gyfrinachol, ble byddai hi'n ei roi? Ddim
mewn unrhyw ddrôr cyffredin yn sicr. Ddim yn y
cwpwrdd dillad chwaith. Roedd hynny'n rhy amlwg.
Neidiais i fyny ar y gwely i gael gwell golwg o'r ystafell.
Hei, meddyliais, *beth am o dan y fatras?* Yn ofalus iawn,
gollyngais fy hunan dros ymyl y gwely a gwasgu fy
ffordd o dan y fatras. Roedd rhaid i mi wthio ymlaen
yn galed er mwyn symud, ond daliais ati. Allwn i ddim
gweld dim byd. Roeddwn i'n ymbalfalu o dan y fatras
pan drawodd fy mhen yn sydyn yn erbyn rhywbeth
caled *y tu mewn* i'r fatras uwch fy mhen. Codais fy
mhawen a'i deimlo. Allai fod yn botel fach? Potel fach
oedd hi! Gallwn ddilyn ei siâp drwy ddefnydd y fatras.
Ac yn union wrth ei hymyl, teimlais lwmp caled arall,
ac un arall ac un arall. Rhaid bod Y Brif Uchel Wrach

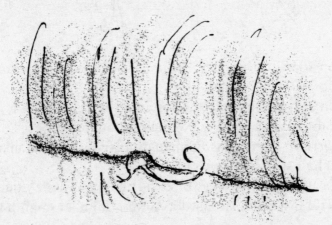

wedi hollti'r fatras ar agor a rhoi'r poteli i gyd y tu mewn ac yna wedi'i gwnïo 'nôl eto. Dechreuais rwygo defnydd y fatras uwch fy mhen yn wyllt â'm dannedd. Roedd fy nannedd blaen yn hynod o finiog a chymerodd hi ddim llawer o amser i mi wneud twll bychan. Dringais i mewn i'r twll a chydio mewn potel gerfydd ei gwddf. Gwthiais hi i lawr drwy'r twll yn y fatras a dringo allan ar ei hôl.

Gan gerdded tuag yn ôl a llusgo'r botel y tu ôl i mi, llwyddais i gyrraedd ymyl y fatras. Rholiais y botel oddi ar y gwely ar y carped. Dyma hi'n bownsio ond thorrodd hi ddim. Neidiais i lawr oddi ar y gwely. Archwiliais y botel fach. Roedd hi'n union yr un fath â'r un oedd gan Y Brif Uchel Wrach yn yr Ystafell Ddawnsio. Roedd label ar hon. GWNEUTHURWR LLYGOD HWYRWEITH-REDOL, meddai, FFORMIWLA 86. Wedyn y geiriau, *Mae'r botel hon yn cynnwys pum can dos.* Dyma hi! Teimlais yn hynod o falch ohonof fy hunan.

Herciodd tri broga allan o dan y gwely. Eisteddon nhw ar y carped, gan syllu arnaf â llygaid mawr du.

Syllais innau 'nôl arnynt. Y llygaid enfawr yna oedd y pethau tristaf roeddwn i erioed wedi'u gweld. Yn sydyn sylweddolais eu bod nhw bron yn siŵr wedi bod yn blant un tro, y brogaod hyn, cyn i'r Brif Uchel Wrach gael gafael arnynt. Sefais yno'n cydio yn y botel ac yn syllu ar y brogaod. 'Pwy ydych chi?' gofynnais iddynt.

Ar yr union eiliad honno, clywais allwedd yn troi yng nghlo'r drws ac agorodd y drws led y pen a daeth Y Brif Uchel Wrach i mewn fel llong hwyliau i'r ystafell. Neidiodd y brogaod i gyd mewn un herc gyflym o dan y gwely eto. Gwibiais innau ar eu hôl, gan gydio yn y botel o hyd, a rhedais 'nôl at y wal y tu ôl i un o byst y gwely. Clywais draed yn cerdded ar y carped. Rhoddais fy nhrwyn heibio postyn y gwely. Roedd y tri broga'n griw gyda'i gilydd o dan ganol y gwely. All brogaod ddim cuddio fel llygod. Allan nhw ddim rhedeg fel llygod, chwaith. Y cyfan maen nhw'n gallu'i wneud, druain bach, yw neidio o gwmpas braidd yn drwsgl.

Yn sydyn daeth wyneb Y Brif Uchel Wrach i'r golwg, yn syllu o dan y gwely. Rhoddais fy mhen 'nôl y tu ôl i bostyn y gwely. 'Felly dyna lle rydych chi, fy mrrrogaod bach i,' clywais hi'n dweud. 'Fe gewch chi arrros lle rrrydych chi tan i mi fynd i'r gwely heno pan fydda i'n eich taflu chi drwy'r ffenest ac fe gaiff y gwylanod chi i swper.'

Yn sydyn, yn uchel a chlir, daeth sŵn llais fy mam-gu drwy ddrws agored y balconi. 'Brysia, 'nghariad i!' gwaeddodd. 'Brysia, wnei di! Gwell i ddod allan yn gyflym!'

'Pwy sy'n galw?' meddai'r Brif Uchel Wrach yn swta. Rhoddais fy nhrwyn heibio postyn y gwely eto a'i gweld yn cerdded ar draws y carped at ddrws y balconi. 'Pwy sydd yma ar fy malconi?' meddai o dan ei hanadl. 'Pwy yw hi? Pwy sy'n meiddio trrresmasu ar fy malconi i?' Aeth drwy'r drws ac i'r balconi ei hun.

'Beth yw'rrr edafedd gwlân yma sy'n hongian i lawr fan hyn?' clywais hi'n dweud.

'O, helô,' daeth llais fy mam-gu. 'Dw i newydd ollwng fy ngwau dros y balconi drwy gamgymeriad. Ond mae popeth yn iawn. Dw i wedi cael gafael ar un pen ohono. Gallaf ei dynnu i fyny ar fy mhen fy hun, diolch yr un fath.' Rhyfeddais ar ba mor ddigyffro oedd ei llais.

'Â phwy rrroeddech chi'n siarrrad nawr?' meddai'r Brif Uchel Wrach yn swta. 'Wrrrth bwy roeddech chi'n dfeud bod angen iddo frysio a dod allan yn gyflym?'

'Roeddwn i'n siarad â'm hŵyr bach i,' clywais fy mam-gu'n dweud. 'Mae e wedi bod yn yr ystafell ymolchi am oriau ac mae'n bryd iddo ddod allan. Mae'n eistedd yno'n darllen llyfrau ac yn anghofio'n llwyr ble mae e! Oes plant gyda *chi*?'

'Nac oes wir!' gwaeddodd Y Brif Uchel Wrach, a dyma hi'n dod 'nôl yn gyflym eto i'r ystafell wely, *gan gau drws y balconi'n glep ar ei hôl.*

Dyna'i diwedd hi. Roedd fy ffordd allan wedi'i chau. Roeddwn i wedi fy nghau yn yr ystafell gyda'r Brif Uchel Wrach a thri broga wedi dychryn. Roeddwn i wedi dychryn cymaint â'r brogaod. Roeddwn i'n hollol siŵr, petawn i'n cael fy ngweld, y byddwn i'n cael fy nal a'm taflu allan dros y balconi i'r gwylanod.

Daeth cnoc ar ddrws yr ystafell wely. 'Beth sy'n bod y tro hwn?' gwaeddodd Y Brif Uchel Wrach.

'Ni'r rhai hynafol sy 'ma,' meddai llais gwylaidd o'r tu ôl i'r drws. 'Mae hi'n chwech o'r gloch ac rydyn ni wedi dod i gasglu'r poteli addawoch chi i ni, O Eich Uchelder.'

Gwelais hi'n croesi'r carped tuag at y drws. Agorwyd y drws ac yna gwelais lawer o draed ac esgidiau'n dechrau dod i mewn i'r ystafell. Roedden nhw'n dod i mewn yn araf ac yn betrusgar, fel petai perchnogion yr esgidiau hynny'n ofni dod i mewn. 'Dewch i mewn! Dewch i mewn!' meddai'r Brif Uchel Wrach yn swta.

'Peidiwch â sefyllian fan 'na yn y corrri-dor! Does dim trwy'r nos gyda fi!'

Gwelais fy nghyfle. Neidiais allan o'r tu ôl i bostyn y gwely a rhedeg fel mellten tuag at y drws agored. Neid-iais dros sawl pâr o esgidiau ar y ffordd ac mewn tair eiliad roeddwn i allan yn y coridor, gan ddal y botel werthfawr yn dynn wrth fy mrest o hyd. Nid oedd neb wedi fy ngweld. Doedd dim sŵn gweiddi *Llygoden!* *Llygoden!* Y cyfan y gallwn i ei glywed oedd lleisiau'r gwrachod hynafol yn byrlymu eu brawddegau dwl am 'Mor garedig yw Eich Uchelder' a'r cyfan i gyd. I ffwrdd â mi ar hyd y coridor at y grisiau ac i fyny un rhes. Es i'r pumed llawr ac yna ar hyd y coridor eto hyd nes cyrraedd drws fy ystafell wely fy hunan. Doedd neb yn y golwg, diolch byth. Gan ddefnyddio gwaelod y botel fach, dechreuais dap-tap-tapio ar y drws. *Tap tap tap . . . tap tap tap . . . tap tap tap . . .* A fyddai fy mam-gu'n fy nghlywed? Rhaid ei bod hi. Roedd y botel yn gwneud sŵn clec swnllyd bob tro roedd hi'n taro. *Tap tap tap . . . tap tap tap . . .* Gobeithio na ddôi neb ar hyd y coridor.

Ond agorodd y drws ddim. Penderfynais fentro. 'Mam-gu!' gwaeddais nerth esgyrn fy mhen. 'Mam-gu! Fi sy 'ma! Gad fi i mewn!'

Clywais ei thraed yn dod ar draws y carped a dyma hi'n agor y drws. Es i mewn fel mellten. 'Dw i wedi'i gwneud hi!' gwaeddais, gan neidio i fyny ac i lawr. 'Mae e gen i, Mam-gu! Edrych, dyma fe! Mae gen i lond potel ohono!'

Caeodd y drws. Plygodd i lawr a'm codi a rhoi cwtsh i mi. 'O 'nghariad i!' llefodd. 'Diolch byth dy fod ti'n ddiogel!' Cymerodd y botel fach oddi wrthyf a darllen. '"Gwneuthurwr Llygod Hwyrweithredol Fformiwla 86",' meddai. '"Mae'r botel hon yn cynnwys pum can dos!" Dyna fachgen annwyl gwych! Rwyt ti'n hynod! Rwyt ti'n rhyfeddod! Sut ar y ddaear ddest ti allan o'i hystafell hi?'

'Fe sleifiais i allan pan oedd y gwarchod hynafol yn dod i mewn,' meddwn wrthi. 'Roedd y cyfan braidd yn arswydus, Mam-gu. Fyddwn i ddim eisiau ei wneud e eto.'

'Fe'i gwelais i hi hefyd!' meddai fy mam-gu.

'Dw i'n gwybod, Mam-gu. Fe'ch clywais chi'n siarad â'ch gilydd. Oeddet ti ddim yn meddwl ei bod hi'n gwbl ffiaidd?'

'Llofrudd yw hi,' meddai fy mam-gu. 'Hi yw'r fenyw fwyaf cythreulig yn y byd i gyd!'

'Welaist ti ei masg hi?' gofynnais.

'Mae e'n anhygoel,' meddai fy mam-gu. 'Mae e'n edrych yn union fel wyneb go iawn. Er 'mod i'n gwybod mai masg oedd e, allwn i ddim dweud yn iawn wedyn. O, 'nghariad i!' llefodd, gan roi cwtsh i mi. 'Ro'n i'n meddwl na fyddwn i'n dy weld di byth eto! Dw i mor hapus dy fod ti wedi dianc!'

Mr a Mrs Jenkins
yn Cwrdd â Bruno

Dyma fy mam-gu'n fy nghario 'nôl i'w hystafell wely ei hun ac yn fy rhoi ar y bwrdd. Rhoddodd y botel werthfawr i lawr wrth fy ymyl. 'Am faint o'r gloch mae'r gwrachod yna'n cael swper yn yr Ystafell Fwyta?' gofynnodd.

'Am wyth o'r gloch,' meddwn i.

Edrychodd ar ei wats. 'Mae hi'n ddeg munud wedi chwech nawr,' meddai. 'Mae gennym ni tan wyth o'r gloch i feddwl am ein cam nesaf.' Yn sydyn dyma hi'n sylwi ar Bruno. Roedd e'n dal yn y bowlen bananas ar y bwrdd. Roedd e wedi bwyta tair banana ac roedd e nawr yn ymosod ar bedwaredd. Roedd e wedi mynd yn anferthol o dew.

'Dyna hen ddigon,' meddai fy mam-gu, gan ei godi allan o'r bowlen a'i roi ar y bwrdd. 'Dw i'n credu ei bod hi'n bryd i ni fynd â'r creadur bach hwn 'nôl at ei deulu. Dwyt ti ddim yn cytuno, Bruno?'

Gwgodd Bruno arni. Doeddwn i erioed wedi gweld llygoden yn gwgu o'r blaen, ond llwyddodd i wneud hynny. 'Mae fy rhieni'n gadael i mi fwyta cymaint ag ydw i eisiau,' meddai. 'Fe fyddai hi'n well gen i fod gyda nhw na gyda chi.'

'Wrth gwrs hynny,' meddai fy mam-gu. 'Wyt ti'n gwybod ble gallai dy rieni fod yr eiliad hon?'

'Roedden nhw'n eistedd yn y Lolfa gynnau fach,' meddwn i. 'Fe'u gwelais i nhw'n eistedd yno wrth i ni ruthro drwodd ar ein ffordd i fyny yma.'

'O'r gorau,' meddai fy mam-gu. 'Gadewch i ni fynd i weld a ydyn nhw yno o hyd. Wyt ti eisiau dod hefyd?' ychwanegodd, gan edrych arnaf.

'Ydw, plis,' meddwn i.

'Fe rof i'r ddau ohonoch chi yn fy mag llaw,' meddai. 'Cadwch yn dawel ac o'r golwg. Os oes rhaid i chi edrych mas bob hyn a hyn, peidiwch â dangos mwy na'ch trwyn.'

Roedd ei bag llaw yn un mawr lledr du eithaf boliog a chlesbyn trilliw iddo. Dyma hi'n codi Bruno a minnau ac yn ein rhoi ynddo. 'Fe adawa i'r clesbyn heb ei gau,' meddai. 'Ond cadwch o'r golwg, da chi.'

Doedd gen i ddim bwriad i gadw o'r golwg. Roeddwn i eisiau gweld popeth. Eisteddais mewn poced fach ochr yn y bag, yn agos i'r clesbyn, ac o'r fan honno gallwn wthio fy mhen allan pryd bynnag roeddwn i eisiau.

'Hei!' galwodd Bruno'n uchel. 'Rhowch weddill y fanana roeddwn i'n ei bwyta i mi.'

'O, o'r gorau,' meddai fy mam-gu. 'Unrhyw beth i'th gadw di'n dawel.' Dyma hi'n gollwng y fanana wedi hanner ei bwyta i'r bag, yna rhoi'r bag dros ei braich a martsio allan o'r ystafell ac i ffwrdd â hi'n gloff wrth ei ffon ar hyd y coridor.

Aethon ni i lawr yn y lifft i'r llawr gwaelod a gwneud ein ffordd drwy'r Ystafell Ddarllen i'r Lolfa. Ac yno'n wir, dyna lle roedd Mr a Mrs Jenkins yn eistedd mewn dwy gadair freichiau a rhyngddynt roedd bwrdd crwn isel a gwydr drosto. Roedd nifer o grwpiau eraill yno hefyd, ond Mr a Mrs Jenkins oedd yr unig bâr oedd yn eistedd ar eu pennau eu hunain. Roedd Mr Jenkins yn darllen papur newydd. Roedd Mrs Jenkins yn gwau rhywbeth mawr lliw mwstard. Dim ond fy nhrwyn a'm llygaid oedd uwchben clesbyn bag llaw fy mam-gu, ond roedd gen i olygfa wych. Gallwn weld popeth.

Cerddodd fy mam-gu, wedi'i gwisgo mewn les du, yn drwm dros lawr y Lolfa ac aros o flaen bwrdd Mr a Mrs Jenkins. 'Ai Mr a Mrs Jenkins dych chi?' gofynnodd.

Edrychodd Mr Jenkins arni dros ben ei bapur newydd a gwgu. 'Ie,' meddai. 'Mr Jenkins dw i. Beth alla i wneud i chi, madam?'

'Dw i'n ofni bod gen i newyddion braidd yn frawychus i chi,' meddai hi. 'Am eich mab, Bruno.'

'Beth am Bruno?' meddai Mr Jenkins.

Edrychodd Mrs Jenkins i fyny ond daliodd ati i wau. 'Beth mae'r gwalch bach wedi bod yn ei wneud nawr?' gofynnodd Mr Jenkins. 'Wedi bod yn dwyn bwyd o'r gegin, siŵr o fod.'

'Mae dipyn yn waeth na hynny,' meddai fy mam-gu.
'Ydych chi'n meddwl y gallen ni fynd i rywle mwy
preifat tra bydda i'n dweud wrthoch chi?'

'Preifat?' meddai Mr Jenkins. 'Pam mae'n rhaid i ni
fod yn breifat?'

'Dyw hi ddim yn hawdd i mi egluro,' meddai fy
mam-gu. 'Fe fyddai'n llawer gwell gen i petaen ni i gyd
yn mynd i fyny i'ch ystafell chi ac yn eistedd cyn i mi
ddweud rhagor wrthoch chi.'

Rhoddodd Mr Jenkins ei bapur i lawr. Rhoddodd
Mrs Jenkins y gorau i wau. 'Dw i ddim *eisiau* mynd i
fyny i'r ystafell, madam,' meddai Mr Jenkins. 'Dw i'n
ddigon cyfforddus fan hyn, diolch yn fawr iawn.' Roedd

e'n ddyn mawr garw a doedd e ddim yn gyfarwydd â chael gorchmynion gan unrhyw un. 'A fyddech chi mor garedig â dweud beth yw eich busnes ac yna gadewch lonydd i ni,' ychwanegodd. Roedd e'n siarad fel petai'n siarad â rhywun oedd yn ceisio gwerthu sugnwr llwch iddo wrth y drws cefn.

Nawr dyma fy mam-gu, a oedd wedi bod yn gwneud ei gorau i fod mor garedig â phosibl wrthyn nhw, yn dechrau mynd braidd yn bigog ei hunan. 'Allwn ni ddim siarad fan hyn, wir,' meddai. 'Mae gormod o bobl. Mae hyn yn fater eithaf anodd a phersonol.'

'Fe siarada i ble bynnag dw i'n dewis, madam,' meddai Mr Jenkins. 'Nawr, dewch, dwedwch beth sydd! Os yw Bruno wedi torri ffenest neu wedi malu eich sbectol, fe dala i am y difrod, ond dw i ddim yn symud o'r sedd hon!'

Roedd un neu ddau o grwpiau eraill yn yr ystafell yn dechrau syllu arnon ni nawr.

'Ble *mae* Bruno beth bynnag?' meddai Mr Jenkins. 'Dwedwch wrtho am ddod yma i 'ngweld i.'

'Mae e yma'n barod,' meddai fy mam-gu. 'Mae e yn fy mag llaw.' Rhoddodd ergyd ysgafn â'i ffon i'r bag lledr mawr llipa.

'Beth yn y byd ry'ch chi'n feddwl, mae e yn eich bag llaw?' gwaeddodd Mr Jenkins.

'Ydych chi'n ceisio bod yn ddoniol?' meddai Mrs Jenkins, yn sychlyd iawn.

'Does dim byd yn ddoniol am hyn,' meddai fy mam-gu. 'Mae eich mab wedi dioddef anffawd digon anffodus.'

'Mae e bob amser yn dioddef rhyw anffawd neu'i gilydd,' meddai Mr Jenkins. 'Mae e'n dioddef o orfwyta ac wedyn mae e'n dioddef o wynt. Fe ddylech chi ei glywed e ar ôl swper. Mae e'n swnio fel band pres! Ond ar ôl dos da o gastor-oel, mae e'n iawn cyn pen dim. Ble mae'r adyn bach?'

'Dw i newydd ddweud wrthoch chi,' meddai fy mam-gu. 'Mae e yn fy mag llaw. Ond dw i'n credu y byddai'n well petaen ni'n mynd i rywle preifat cyn i chi gwrdd ag ef yn ei gyflwr presennol.'

'Mae'r fenyw 'ma'n ddwl,' meddai Mrs Jenkins. 'Dwedwch wrthi am fynd o 'ma.'

'Y gwir amdani,' meddai fy mam-gu, 'yw fod eich mab Bruno wedi cael ei newid yn eithaf syfrdanol.'

'*Wedi cael ei newid!*' gwaeddodd Mr Jenkins. 'Beth ddiawl ry'ch chi'n feddwl, *wedi cael ei newid?*'

'Ewch o 'ma!' meddai Mrs Jenkins. 'Hen fenyw ddwl y'ch chi!'

'Dw i'n ceisio dweud wrthoch chi mor dyner ag y galla i fod Bruno wir yn fy mag llaw,' meddai fy mam-gu. 'Fe wnaeth fy ŵyr fy hunan eu gweld nhw'n ei wneud e iddo fe.'

'Gweld *pwy* yn gwneud *beth* iddo fe, er mwyn y nefoedd?' gwaeddodd Mr Jenkins. Roedd ganddo fwstas du a oedd yn neidio i fyny ac i lawr pan oedd e'n gweiddi.

'Gweld y gwrachod yn ei droi'n llygoden,' meddai fy mam-gu.

'Galwa'r Rheolwr, cariad,' meddai Mrs Jenkins wrth ei gŵr. 'Dwed wrthyn nhw am daflu'r fenyw ddwl 'ma allan o'r gwesty.'

Ar hynny, daeth amynedd fy mam-gu i ben. Chwil-iodd yn ei bag llaw a dod o hyd i Bruno. Cododd ef allan a'i roi ar y bwrdd a gwydr arno. Cymerodd Mrs Jenkins un cip ar y llygoden fach frown a oedd yn dal i gnoi ychydig o fanana a dyma hi'n rhoi sgrech a wnaeth i'r crisialau ar y siandelïer siglo. Neidiodd o'i chadair gan weiddi, 'Llygoden yw e! Ewch ag e oddi yma! Alla i mo'u dioddef nhw!'

'Bruno yw e,' meddai fy mam-gu.

'Yr hen fenyw haerllug gas!' gwaeddodd Mr Jenkins. Dechreuodd symud ei bapur newydd 'nôl a blaen at Bruno, gan geisio ei ysgubo oddi ar y bwrdd. Rhuth-rodd fy mam-gu ymlaen a llwyddodd i gydio ynddo cyn iddo gael ei ysgubo ymaith. Roedd Mrs Jenkins yn dal i sgrechian nerth esgyrn ei phen ac roedd Mr Jenkins yn sefyll uwch ein pennau ac yn gweiddi, 'Ewch oddi yma! Rhag eich cywilydd chi'n codi ofn ar fy ngwraig fel yna! Ewch â'ch llygoden frwnt oddi yma'r eiliad hon!'

'Help!' sgrechiodd Mrs Jenkins. Roedd ei hwyneb wedi troi'r un lliw ag ochr isaf pysgodyn.

'Wel, fe wnes i fy ngorau,' meddai fy mam-gu, ac ar hynny, trodd ar ei sawdl a hwylio allan o'r ystafell, gan gario Bruno gyda hi.

Y Cynllun

Pan gyrhaeddon ni 'nôl i'r ystafell wely, tynnodd fy mam-gu fi a Bruno allan o'i bag llaw a'n rhoi ni ar y bwrdd. 'Pam yn y byd na siaradaist ti a dweud wrth dy dad pwy oeddet ti?' meddai hi wrth Bruno.

'Achos roedd gen i lond ceg,' meddai Bruno. Neidiodd yn syth 'nôl i'r bowlen bananas a dal ati i fwyta.

'Dyna fachgen bach annifyr wyt ti,' meddai fy mam-gu wrtho.

'Nid bachgen,' meddwn i. 'Llygoden.'

'Eithaf reit, cariad. Ond does dim amser gyda ni i boeni amdano'r eiliad hon. Mae cynlluniau gyda ni i'w gwneud. Mewn tua awr a hanner, fe fydd y gwrachod i gyd yn mynd i lawr i gael swper yn yr Ystafell Fwyta. Cywir?'

'Cywir,' meddwn i.

'Ac mae'n rhaid i bob un ohonyn nhw gael dos o Wneuthurwr Llygod,' meddai hi. 'Sut yn y byd wnawn ni hynny?'

'Mam-gu,' meddwn i. 'Dw i'n credu dy fod ti'n anghofio bod llygod yn gallu mynd i fannau lle na all bodau dynol fynd.'

'Digon gwir,' meddai hi. 'Ond all llygoden hyd yn oed ddim cropian dros ben y bwrdd yn cario potel a rhoi diferion o Wneuthurwr Llygod dros gig eidion rhost y gwrachod i gyd heb i neb ei gweld.'

'Doeddwn i ddim yn meddwl am ei wneud e yn yr Ystafell Fwyta,' meddwn i.

'Ble 'te?' gofynnodd.

'Yn y gegin,' meddwn i, 'tra bydd eu bwyd nhw'n cael ei baratoi.'

Syllodd fy mam-gu arnaf. 'Fy mhlentyn annwyl,' meddai hi'n araf, 'dw i wir yn credu bod dy droi di'n llygoden wedi dyblu gallu dy ymennydd!'

'Fe all llygoden fach,' meddwn i, 'redeg o gwmpas y gegin rhwng y sosbenni, ac os yw hi'n ofalus iawn, fydd neb byth yn ei gweld hi.'

'Gwych!' gwaeddodd fy mam-gu. 'Wir i ti, dw i'n meddwl dy fod ti wedi taro'r hoelen ar ei phen!'

'Yr unig beth yw,' meddwn i, 'sut bydda i'n gwybod pa fwyd sydd ar eu cyfer? Dw i ddim eisiau ei roi e yn y sosban anghywir. Fe allai fod yn drychineb petawn i'n troi'r holl westeion eraill yn llygod drwy gamgymeriad, ac yn enwedig ti, Mam-gu.'

'Wel bydd rhaid i ti gropian i mewn i'r gegin a dod o hyd i le da i guddio ac aros . . . a gwrando. Gorwedda yno mewn rhyw gornel dywyll yn gwrando ac yn gwrando ar yr hyn mae'r cogyddion yn ei ddweud . . . ac yna, gydag ychydig o lwc, mae rhywun yn mynd i roi cliw i ti. Bob tro mae ganddyn nhw griw mawr i goginio iddyn nhw, mae'r bwyd bob amser yn cael ei baratoi ar wahân.'

'O'r gorau,' meddwn i. 'Dyna fydd rhaid i mi ei wneud. Fe arhosa i yno a gwrando a gobeithio am ychydig o lwc.'

'Fe fydd e'n beryglus iawn,' meddai fy mam-gu. 'Does neb yn rhoi croeso i lygoden yn y gegin. Os gwelan nhw di, fe wasgan nhw ti i farwolaeth.'

'Wnaf i ddim gadael iddyn nhw fy ngweld i,' meddwn i.

'Paid anghofio y byddi di'n cario'r botel,' meddai hi, 'felly fyddi di ddim hanner mor chwim a sydyn.'

'Dw i'n gallu rhedeg yn eithaf cyflym ar fy nwy droed ôl a'r botel yn fy mreichiau,' meddwn i. 'Fe wnes i fe nawr, dwyt ti ddim yn cofio? Fe ddes i'r holl ffordd o ystafell Y Brif Uchel Wrach yn ei chario hi.'

'Beth am agor y clawr?' meddai hi. 'Fe allai hynny fod yn anodd i ti.'

'Gad i mi roi cynnig arni,' meddwn i. Cydiais yn y botel fach a chan ddefnyddio fy nwy bawen flaen, roeddwn yn gallu agor y clawr yn eithaf rhwydd.

'Mae hynny'n wych,' meddai fy mam-gu. 'Rwyt ti wir yn llygoden glyfar iawn.' Cafodd gip ar ei wats. 'Am hanner awr wedi saith,' meddai, 'fe af i lawr i'r Ystafell Fwyta i gael swper gyda ti yn fy mag llaw. Wedyn fe fydda i'n dy ryddhau di o dan y bwrdd gyda'r botel werthfawr ac o hynny ymlaen fe fyddi di ar dy ben dy hunan. Fe fydd rhaid i ti weithio dy ffordd heb gael dy weld ar draws yr Ystafell Fwyta i'r drws sy'n arwain i'r gegin. Fe fydd gweinyddion yn mynd i mewn ac allan drwy'r drws yna o hyd. Fe fydd rhaid i ti ddewis yr eiliad iawn a sleifio i mewn y tu ôl i un ohonynt, ond er mwyn popeth, gwna'n siŵr nad wyt ti'n cael dy sathru neu dy wasgu yn y drws.'

'Fe wnaf fy ngorau,' meddwn i.

'A beth bynnag ddigwydd, rhaid i ti beidio gadael iddyn nhw dy ddal di.'

'Paid â sôn cymaint am y peth, Mam-gu. Rwyt ti'n fy ngwneud i'n nerfus.'

'Rwyt ti'n fachgen bach dewr,' meddai. 'Dw i *yn* dy garu di.'

'Beth wnawn ni â Bruno?' gofynnais iddi.

Edrychodd Bruno i fyny. 'Dw i'n dod gyda ti,' meddai, gan siarad a'i geg yn llawn banana. 'Dw i ddim yn mynd i fynd heb fy swper!'

Meddyliodd fy mam-gu am hyn am eiliad. 'Fe gei di ddod gyda fi,' meddai hi, 'os wyt ti'n addo aros yn fy mag a chadw'n hollol dawel.'

'Wnewch chi estyn bwyd i lawr i mi o'r bwrdd?' gofynnodd Bruno.

'Gwnaf,' meddai hi, 'os wyt ti'n addo bihafio. Hoffet *ti* rywbeth i'w fwyta, cariad?' gofynnodd hi i mi.

'Na hoffwn, dim diolch,' meddwn i. 'Dw i'n rhy gyffrous i fwyta. Ac mae'n rhaid i mi gadw'n heini a bywiog ar gyfer y gwaith mawr sydd o'm blaen i.'

'Mae'n waith mawr, yn sicr,' meddai fy mam-gu. 'Wnei di byth waith sy'n fwy na hwn.'

Yn y Gegin

'Mae'r amser wedi dod!' meddai fy mam-gu. 'Mae'r eiliad fawr wedi cyrraedd! Wyt ti'n barod, cariad?'

Roedd hi'n hanner awr wedi saith ar ei ben. Roedd Bruno yn y bowlen yn gorffen y bedwaredd fanana honno. 'Arhoswch eiliad,' meddai. 'Dim ond cegaid neu ddau eto.'

'Na!' meddai fy mam-gu. 'Rhaid i ni fynd!' Fe'i cododd a'i ddal yn dynn yn ei llaw. Roedd hi'n llawn tyndra ac yn nerfus. Doeddwn i erioed wedi'i gweld hi fel yna o'r blaen. 'Dw i'n mynd i'ch rhoi chi'ch dau yn fy mag llaw nawr,' meddai, 'ond fe adawaf y clesbyn ar agor.' Rhoddodd Bruno i mewn ynddo'n gyntaf. Arhosais i, gan ddal y botel fach yn dynn wrth fy mrest. 'Nawr ti,' meddai hi. Cododd fi a rhoi cusan i mi ar fy nhrwyn. 'Pob lwc, cariad. O, gyda llaw, rwyt ti'n sylweddoli bod cynffon gyda ti, on'd wyt ti?'

'Beth?' meddwn i.

'Cynffon. Cynffon hir gyrliog.'

'Rhaid i mi ddweud na sylweddolais hynny,' meddwn i. 'Arswyd y byd, oes yn wir! Dw i'n gallu ei gweld hi nawr! Dw i wir yn gallu ei symud hi! Mae hi'n eithaf smart, on'd yw hi?'

'Dw i ond yn sôn amdani achos gallai fod yn ddefnyddiol pan fyddi di'n dringo yn y gegin,' meddai fy mam-gu. 'Fe elli di ei chyrlio hi ac fe elli di ei bachu

151

ar bethau ac fe elli di siglo oddi arni a gollwng dy hunan i'r llawr o fannau uchel.'

'Trueni nad oeddwn i'n gwybod hyn o'r blaen,' meddwn i. 'Fe allwn fod wedi ymarfer ei defnyddio hi.'

'Mae'n rhy hwyr nawr,' meddai fy mam-gu. 'Mae'n rhaid i ni fynd.' Rhoddodd fi i mewn yn ei bag llaw gyda Bruno, a dyma fi'n mynd yn syth i'r man arferol yn y boced ochr er mwyn gallu gwthio fy mhen allan a gweld beth oedd yn digwydd.

Cododd fy mam-gu ei ffon ac allan â hi i'r coridor am y lifft. Gwasgodd y botwm a daeth y lifft i fyny ac i mewn â hi. Doedd neb i mewn yno gyda ni.

'Gwrandewch,' meddai hi. 'Fydda i ddim yn gallu siarad â chi ar ôl i ni gyrraedd yr Ystafell Fwyta. Os gwnaf i, fe fydd pobl yn meddwl bod colled arna i a 'mod i'n siarad â mi fy hunan.'

Cyrhaeddodd y lifft y llawr gwaelod, stopio ac ysgytian. Cerddodd fy mam-gu allan ohono a chroesi lobi'r gwesty a mynd i mewn i'r Ystafell Fwyta. Roedd hi'n ystafell enfawr gydag addurniadau aur ar y nenfwd a drychau mawr ar y waliau. Roedd gan y gwesteion cyson bob amser fyrddau wedi'u cadw iddyn nhw ac roedd y rhan fwyaf yn eu lle'n barod ac yn dechrau bwyta eu swper. Roedd gweinyddion yn gwibio o gwmpas dros y lle i gyd, yn cario platiau a llestri. Bwrdd bach wrth ochr y wal ar y dde tua hanner ffordd ar hyd yr ystafell oedd ein bwrdd ni. Ymlwybrodd fy mam-gu tuag ato ac eistedd.

Wrth edrych allan o'r bag llaw, gallwn weld fod dau fwrdd hir reit yng nghanol yr ystafell heb neb wrthyn nhw. Ar bob un ohonynt roedd cerdyn yn sownd wrth ryw fath o ffon arian ac arnynt roedd y geiriau, WEDI'U CADW I AELODAU CFACB.

Edrychodd fy mam-gu tua'r byrddau hir ond ni ddywedodd ddim byd. Agorodd ei napcyn a'i roi dros y bag llaw ar ei chôl. Llithrodd ei llaw o dan y napcyn a chydiodd ynof yn dyner. Gyda'r napcyn drosof i, cododd fi'n agos at ei hwyneb a sibrwd, 'Dw i ar fin dy roi di ar y llawr o dan y ford. Mae'r lliain bwrdd yn cyrraedd y llawr bron, felly fydd neb yn dy weld di. Wyt ti wedi cael gafael ar y botel?'

'Ydw,' sibrydais 'nôl. 'Dw i'n barod, Mam-gu.'

Ar hynny, daeth gweinydd mewn siwt ddu a sefyll wrth ein bwrdd. Gallwn weld ei goesau o dan y napcyn a chyn gynted ag y clywais ei lais, roeddwn i'n gwybod pwy oedd e. William oedd ei enw. 'Noswaith dda, madam,' meddai wrth fy mam-gu. 'Ble mae'r dyn bach heno?'

'Dyw e ddim yn teimlo'n dda iawn,' meddai fy mam-gu. 'Mae e wedi aros yn ei ystafell.'

'Mae'n ddrwg gen i glywed hynny,' meddai William. 'Heddiw mae cawl pys i ddechrau, ac fel prif gwrs mae dewis naill ai lleden wedi'i grilio neu gig oen rhost.'

'Cawl pys a chig oen i mi, plis,' meddai fy mam-gu. 'Ond peidiwch â rhuthro, William. Does dim brys arna i heno. Yn wir, fe allwch chi ddod â gwydraid o sieri sych i mi'n gyntaf.'

'Wrth gwrs, madam,' meddai William, ac i ffwrdd ag ef.

Dyma fy mam-gu'n esgus ei bod wedi gollwng rhyw-beth ac wrth iddi blygu i lawr, llithrodd fi allan o dan y

napcyn i'r llawr o dan y bwrdd. 'Cer, cariad, cer!'
sibrydodd, yna eisteddodd yn syth unwaith eto.

Roeddwn i ar fy mhen fy hunan nawr. Sefais gan
gydio yn y botel fach. Roeddwn i'n gwybod yn union
ble roedd y drws i'r gegin. Roedd rhaid i mi fynd tua
hanner ffordd o gwmpas yr Ystafell Fwyta enfawr i'w
chyrraedd hi. Dyma ni 'te, meddyliais, ac fel mellten,
rhedais yn fân ac yn fuan o dan y bwrdd a mynd am y
wal. Doeddwn i ddim yn bwriadu croesi llawr yr Ystafell
Fwyta. Roedd hynny'n llawer rhy beryglus. Fy nghyn-
llun oedd aros yn glòs wrth sgyrtin y wal yr holl ffordd
o gwmpas tan i mi gyrraedd drws y gegin.

Rhedais. O, rhedais fel y gwynt. Dw i ddim yn credu i neb fy ngweld i. Roedden nhw i gyd yn rhy brysur yn bwyta. Ond er mwyn cyrraedd y drws a oedd yn arwain at y gegin roedd rhaid i mi groesi'r brif fynedfa i'r Ystafell Fwyta. Roeddwn i ar fin gwneud hyn pan lifodd ton fawr o fenywod i mewn. Gwasgais fy hunan yn erbyn y wal gan gydio'n dynn yn y botel. I ddechrau, ni welais ond esgidiau a phigyrnau'r menywod hyn oedd yn rhuthro i mewn drwy'r drws, ond pan edrychais i fyny ychydig yn uwch, roeddwn i'n gwybod yn syth pwy oedden nhw. Y gwrachod yn dod i gael swper oedden nhw!

Arhosais tan iddyn nhw i gyd fynd heibio i mi, yna gwibiais ymlaen tuag at ddrws y gegin. Agorodd gwein-ydd ef i fynd i mewn. Sleifiais i mewn ar ei ôl a chuddio y tu ôl i fin sbwriel mawr ar y llawr. Arhosais yno am sawl munud, gan wneud dim ond gwrando ar y siarad a'r mwstwr. Ar fy ngwir, roedd y gegin yn lle anhygoel! Y sŵn! A'r ager! A chlecian sosbenni a phedyll ffrio! A'r cogyddion i gyd yn gweiddi! A'r gweinyddion i gyd yn rhuthro i mewn ac allan o'r Ystafell Fwyta yn gweiddi'r archebion bwyd ar y cogyddion! 'Pedwar cawl a dau gig oen a dau bysgodyn i fwrdd dau ddeg wyth! Tair pastai afalau a dau hufen iâ mefus i rif un deg saith!' Roedd pethau fel yna'n digwydd drwy'r amser.

Heb fod ymhell uwch fy mhen roedd dolen ar ochr y bin sbwriel. Gan ddal i gydio yn y botel, rhoddais naid, trosbennu yn yr awyr, a chydio yn y ddolen gerfydd fy nghynffon. Yn sydyn dyna lle roeddwn i'n siglo 'nôl ac ymlaen ben i waered. Roedd e'n wych. Roeddwn i'n

dwlu arno. *Dyma,* meddwn i wrthyf fy hunan, *sut mae trapiswr ar drapîs mewn syrcas yn teimlo wrth iddo siffrwd drwy'r awyr i fyny fry ym mhabell y syrcas.* Yr unig wahaniaeth oedd mai dim ond 'nôl ac ymlaen roedd ei drapîs e'n gallu siglo. Roedd fy nhrapîs i (fy nghynffon) yn gallu fy siglo i ba gyfeiriad roeddwn i eisiau. Efallai y byddwn i'n dod yn llygoden syrcas wedi'r cyfan.

Ar hynny, daeth gweinydd i mewn a phlât yn ei law a chlywais e'n dweud, 'Mae'r hen fuwch ar fwrdd un deg pedwar yn dweud bod y cig yma'n rhy wydn! Mae hi eisiau darn arall!' Meddai un o'r cogyddion, 'Rho ei phlât hi i mi!' Gollyngais fy hunan i'r llawr ac edrych o gwmpas y bin sbwriel. Gwelais y cogydd yn crafu'r cig oddi ar y plât ac yn sodro darn arall arno. Wedyn meddai, 'Dewch, fechgyn, rhowch damaid o grefi iddi!' Cariodd y plât o gwmpas pawb yn y gegin a wyddost ti beth wnaethon nhw? Dyma bob un o'r cogyddion a'r bechgyn yn y gegin yn poeri ar blât yr hen wraig! 'Fe gawn ni weld a yw hi'n ei hoffi fe nawr!' meddai'r cogydd, gan roi'r plât 'nôl i'r gweinydd.

Cyn hir daeth gweinydd arall i mewn a gweiddi, 'Mae pawb yn y criw CFACB eisiau'r cawl!' Dyna pryd dechreuais i eistedd i fyny a chymryd sylw. Roeddwn i'n glustiau i gyd nawr. Symudais ychydig ymhellach o gwmpas y bin sbwriel er mwyn i mi allu gweld popeth oedd yn digwydd yn y gegin. Dyma ddyn mewn het wen uchel, y prif gogydd, siŵr o fod, yn gweiddi, 'Rhowch y cawl i'r criw mawr yn y ddysgl gawl arian fwyaf!'

Gwelais y prif gogydd yn rhoi dysgl arian enfawr ar y fainc bren a redai ar hyd y gegin i gyd yn erbyn y wal gyferbyn. *I'r ddysgl arian honna mae'r cawl yn mynd,* meddwn wrthyf fy hunan. *Felly dyna lle mae'n rhaid i'r hylif yn fy mhotel fach fynd hefyd.*

I fyny fry yn agos i'r nenfwd, uwchben y fainc, sylwais fod silff hir yn llawn dop o sosbenni a phedyll ffrio. *Petawn i rywsut yn gallu dringo i'r silff honna,* meddyliais, *fe fyddwn i'n iawn. Fe fyddwn i'n union uwchben y ddysgl arian.*

Ond yn gyntaf rhaid i mi rywsut gyrraedd ochr bella'r gegin ac yna i fyny i'r silff ganol. Cefais syniad gwych! Unwaith eto, neidiais i fyny a bachu fy nghynffon o gwmpas dolen y bin sbwriel. Yna, gan hongian ben i waered, dechreuais siglo. Siglais yn uwch ac yn uwch. Roeddwn i'n cofio'r trapiswr yn y syrcas roeddwn wedi'i gweld Pasg diwethaf ac fel roedd e wedi cael y trapîs i siglo'n uwch ac yn uwch ac yn uwch ac yna wedi gollwng gafael a hedfan drwy'r awyr. Gollyngais afael â'm cynffon a hedfan ar fy union ar draws y gegin a glanio'n berffaith ar y silff ganol!

Wel ar fy ngwir, meddyliais, *dyna bethau rhyfeddol y gall llygoden eu gwneud! A dim ond dechreuwr ydw i!*

Doedd neb wedi fy ngweld i. Roedden nhw i gyd yn llawer rhy brysur gyda'u sosbenni a'u pedyll ffrio. O'r silff ganol llwyddais rywsut i grafangu i fyny piben ddŵr fechan yn y gornel, ac mewn dim o dro roeddwn ar y silff uchaf un yn union o dan y nenfwd, ynghanol y

sosbenni a'r pedyll ffrio. Gwyddwn na fyddai'n bosibl i neb fy ngweld i fyny yno. Roedd e'n lle gwych, a dechreuais weithio fy ffordd ar hyd y silff nes fy mod yn union uwchben y ddysgl arian wag roedden nhw'n mynd i arllwys y cawl iddi. Rhoddais fy mhotel i lawr. Agorais y clawr a chropian i ymyl y silff ac arllwys ei chynnwys yn gyflym yn syth i'r ddysgl arian islaw. Yr eiliad nesaf, daeth un o'r cogyddion â sosban anferthol o gawl gwyrdd yn stemian ac arllwys y cyfan yn syth i'r ddysgl arian. Rhoddodd y clawr ar y ddysgl a gweiddi, 'Mae'r cawl i'r criw mawr yn barod i fynd allan!' Yna cyrhaeddodd gweinydd a chario'r ddysgl arian ymaith.

Roeddwn i wedi llwyddo! Hyd yn oed pe na bawn i byth yn cyrraedd 'nôl at fy mam-gu'n fyw, roedd y gwrachod yn mynd i gael y Gwneuthurwr Llygod beth bynnag! Gadewais y botel wag y tu ôl i sosban fawr a dechreuais weithio fy ffordd 'nôl ar hyd y silff uchaf honno, tra oedd y cogyddion a'r gweinyddion oddi tanaf i gyd yn rhuthro o gwmpas a thegellau'n stemio a phedyll ffrio'n ffrwtian a sosbenni'n berwi a meddyliais wrthyf fy hunan, *O, dyma'r bywyd! Dyna hwyl yw bod yn llygoden yn gwneud gwaith cyffrous fel hwn!* Daliais ati i siglo. Siglais yn wych o ddolen i ddolen,

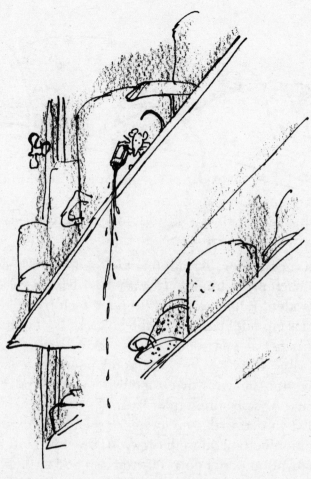

ac roeddwn i'n mwynhau fy hun gymaint nes i mi
anghofio'n llwyr fy mod i'n gwbl amlwg i unrhyw un yn
y gegin a ddigwyddai edrych i fyny. A digwyddodd y

peth nesaf mor gyflym fel nad oedd gen i amser
i'm hachub fy hunan. Clywais lais dyn yn gweiddi,
'Llygoden! Edrychwch ar y llygoden fach frwnt 'na!' A
chefais gip oddi tanaf ar rywun yn gwisgo cot wen a het
wen uchel ac yna roedd fflach o ddur wrth i'r gyllell
gig wibio drwy'r awyr a saethodd poen ym mlaen fy
nghynffon ac yn sydyn roeddwn i'n cwympo ac yn
cwympo wysg fy mhen tua'r llawr.

Hyd yn oed wrth i mi gwympo, roeddwn i'n gwybod
yn union beth oedd wedi digwydd. Gwyddwn fod blaen
fy nghynffon wedi'i dorri i ffwrdd a'm bod ar fin syrthio
i'r llawr a byddai pawb yn y gegin ar fy ôl. 'Llygoden!'
roedden nhw'n gweiddi. 'Llygoden! Llygoden! Dal-
iwch hi glou!' Dyma fi'n taro'r llawr, yn neidio i fyny ac
yn rhedeg am fy mywyd. O'm cwmpas i gyd roedd
esgidiau mawr duon yn *curo curo curo* a dyma fi'n eu
hosgoi nhw ac yn rhedeg a rhedeg a rhedeg, gan droi a
throsi, ac osgoi a gwyro ar draws llawr y gegin. 'Daliwch
hi!' roedden nhw'n gweiddi. 'Lladdwch hi! Sathrwch

arni!' Roedd y llawr cyfan fel petai'n llawn o esgid-
iau mawr trwm yn curo tuag ata i a dyma fi'n osgoi a
gwyro a throsi a throi ac yna, mewn anobaith llwyr,
heb wybod yn iawn beth oeddwn i'n wneud, a
minnau ond eisiau lle i guddio, dyma fi'n rhedeg i
fyny coes trowsus un o'r cogyddion a chydio yn ei
hosan!

'Hei!' gwaeddodd y cogydd. 'Nefoedd wen!
Mae hi wedi mynd i fyny fy nhrowsus! Daliwch
hi, fechgyn! Fe gaf i hi'r tro yma!'

Dechreuodd dwylo'r dyn slapio gymaint
byth ar goes y trowsus a nawr roeddwn i *yn*
mynd i gael fy malu pe na bawn i'n symud yn
gyflym. Dim ond un ffordd oedd i fynd, sef i fyny.
Plannais fy nghrafangau bach yng nghroen blewog coes
y dyn a gwibio i fyny, yn uwch ac yn uwch, heibio i groth
y goes, a heibio i'r pen-glin ac ymlaen i'r forddwyd.

'Esgob!' gwaeddai'r dyn. 'Mae hi'n mynd yr holl ffordd
i fyny! Mae hi'n dringo'r holl ffordd i fyny fy nghoes.'
Clywais y cogyddion eraill yn sgrechian chwerthin ond
galla i addo i ti nad oeddwn i'n chwerthin fy hunan.
Roeddwn i'n rhedeg am fy mywyd. Roedd dwylo'r dyn
yn slapio o'm cwmpas i gyd ac roedd e'n neidio i fyny
ac i lawr fel petai'n sefyll ar frics poeth, a dyma fi'n dal
ati i ddringo ac osgoi a chyn hir cyrhaeddais ben uchaf
coes ei drowsus a doedd dim unman arall i fynd iddo.

'Help! Help! Help!' roedd y dyn yn sgrechian. 'Mae
hi yn fy nicers! Mae hi'n rhedeg o gwmpas yn fy nicers
diawl! Tynnwch hi allan! Helpwch fi, rywun, i'w thynnu
hi allan!'

'Tyn dy drowsus, y diawl dwl!' gwaeddodd rhywun arall. 'Tyn dy bants i lawr a fyddwn ni ddim yn hir yn ei dala hi!'

Roeddwn i yng nghanol trowsus y dyn nawr, yn y man lle mae dwy goes y trowsus yn cwrdd a'r sip yn dechrau. Roedd hi'n dywyll ac yn ofnadwy o dwym i mewn yno. Gwyddwn fod rhaid i mi ddal i fynd. Rhuthrais ymlaen a dod o hyd i ben uchaf coes arall y trowsus. I lawr honno yr es i fel mellten a dod allan ar y gwaelod ac unwaith eto roeddwn i ar y llawr. Clywais y cogydd twp yn dal i weiddi, 'Mae hi yn fy nhrowsus o hyd! Tynnwch hi allan! A wnaiff rhywun *plis* fy helpu i'w chael hi allan cyn iddi fy nghnoi i!' Cefais gip sydyn ar holl staff y gegin yn tyrru o'i gwmpas ac yn chwerthin nerth eu pennau a sylwodd neb ar y llygoden fach wrth iddi hedfan ar draws y llawr a phlymio i sach o datws.

Twriais i lawr i ganol y tatws brwnt a dal fy anadl.

Rhaid bod y cogydd wedi dechrau tynnu ei drowsus achos nawr roedden nhw'n gweiddi, 'Dyw hi ddim yma! Does dim llygod fan 'na, y twpsyn twp!'

'Oedd! Dw i'n tyngu bod 'na!' roedd y dyn yn gweiddi 'nôl. 'Dwyt ti erioed wedi *cael* llygoden yn dy drowsus! Dwyt ti ddim yn gwybod sut mae'n teimlo!'

Roedd y ffaith fod creadur pitw bach fel fi wedi achosi cymaint o ffwdan i griw o ddynion mewn oed yn rhoi teimlad hapus i mi. Allwn i ddim peidio â gwenu er gwaethaf y boen yn fy nghynffon.

Arhosais lle roeddwn i tan i mi fod yn siŵr eu bod nhw wedi anghofio amdanaf. Yna cropiais allan o'r tatws a rhoi fy mhen yn ofalus dros ymyl y sach. Unwaith eto roedd y gegin yn fwrlwm i gyd a chogyddion a gweinyddion yn rhuthro o gwmpas ym mhobman. Gwelais y gweinydd a oedd wedi dod i mewn ynghynt gyda'r gŵyn am y cig gwydn yn dod i mewn eto. 'Hei, fechgyn!'

gwaeddodd. 'Fe ofynnais i'r hen fuwch a oedd y darn newydd o gig yn well ac fe ddwedodd ei fod yn llawn blas! Fe ddwedodd ei fod e'n flasus dros ben!'

Roedd rhaid i mi fynd allan o'r gegin yna a 'nôl at fy mam-gu. Dim ond un ffordd oedd o wneud hyn. Roedd rhaid i mi ruthro'n syth dros y llawr ac allan drwy'r drws y tu ôl i un o'r gweinyddion. Arhosais yn gwbl lonydd, gan aros am fy nghyfle. Roedd fy nghyn-ffon yn boenus ofnadwy. Dyma fi'n troi'r gynffon er

mwyn ei gweld hi. Roedd tua dwy fodfedd ohoni ar goll ac roedd hi'n gwaedu eithaf tipyn. Roedd gweinydd yn llwytho nifer o blatiau yn llawn hufen iâ pinc. Roedd ganddo blât ym mhob llaw a dau arall yn cydbwyso ar bob braich. Aeth tuag at y drws. Gwthiodd ef ar agor â'i ysgwydd. Neidiais allan o'r sach datws a mynd ar draws llawr y gegin ac i mewn i'r Ystafell Fwyta fel fflach, ac arhosais i ddim tan fy mod i o dan fwrdd fy mam-gu.

Roedd hi'n hyfryd gweld traed fy mam-gu eto yn yr esgidiau du hen ffasiwn yna gyda'u strapiau a'u botymau. Crafangais i fyny un o'i choesau a glanio ar ei chôl. 'Help, Mam-gu!' sibrydais. 'Dw i 'nôl! Fe wnes i fe! Fe arllwysais i'r cyfan i'w cawl nhw!'

Daeth ei llaw i lawr a rhoi anwes i mi. 'Da *iawn*, cariad!' sibrydodd 'nôl. 'Da iawn ti! Maen nhw'n bwyta'r cawl 'na'r eiliad hon!' Yn sydyn, tynnodd ei llaw i ffwrdd. 'Rwyt ti'n gwaedu!' sibrydodd. 'Cariad bach, beth sydd wedi digwydd i ti?'

'Fe dorrodd un o'r cogyddion fy nghynffon â chyllell gig,' sibrydais 'nôl. 'Mae hi'n gwneud dolur ofnadwy.'

'Gad i mi edrych arni,' meddai hi. Plygodd ei phen ac archwilio fy nghynffon. 'Druan bach â ti,' sibrydodd. 'Dw i'n mynd i'w rhwymo hi â'm hances. Fe fydd hynny'n atal y gwaedu.'

Tynnodd hances fach ag ymyl les allan o'i bag a gyda hon llwyddodd rywsut i lapio blaen fy nghynffon. 'Fe fyddi di'n iawn nawr,' meddai hi. 'Ceisia anghofio amdani. A lwyddaist ti wir i arllwys y botel gyfan i'w cawl nhw?'

'Pob diferyn,' meddwn i. 'Wyt ti'n meddwl y gallet ti fy rhoi i lle galla i eu gwylio nhw?'

'Gallaf,' atebodd. 'Mae fy mag llaw ar dy gadair wag di wrth fy ochr. Dw i'n mynd i'th roi di ynddo fe nawr ac fe gei di edrych allan ond i ti ofalu nad oes neb yn dy weld. Mae Bruno yno hefyd, ond paid â chymryd sylw ohono fe. Fe roddais rolyn bara iddo i'w fwyta ac mae hynny'n ei gadw'n brysur am dipyn.'

Caeodd ei llaw amdanaf a chefais fy nghodi oddi ar ei chôl a'm symud i'r bag llaw. 'Helô, Bruno,' meddwn i.

'Mae hwn yn rholyn gwych,' meddai Bruno, oedd wrthi'n cnoi yng ngwaelod y bag. 'Ond trueni nad oes menyn arno.'

Syllais dros ymyl y bag llaw. Gallwn weld y gwrachod yn glir yn eistedd wrth eu dau fwrdd hir yng nghanol yr ystafell. Roedden nhw wedi gorffen eu cawl nawr, ac roedd y gweinyddion yn clirio'r platiau. Roedd fy mam-gu wedi tanio un o'i sigârs du ffiaidd ac roedd hi'n pwffian mwg dros bopeth. O'n cwmpas i gyd roedd gwesteion gwyliau haf y gwesty eithaf smart hwn yn parablu ac yn gwledda ar eu swper. Hen bobl â ffyn oedd tua hanner ohonyn nhw, ond hefyd roedd rhai teuluoedd gyda gŵr, gwraig a nifer o blant. Roedden nhw i gyd yn bobl gefnog. Roedd rhaid i chi fod os oeddech chi eisiau aros yn Hotel Magnificent.

'Dyna hi, Mam-gu!' sibrydais. 'Dyna'r Brif Uchel Wrach!'

'Dw i'n gwybod!' sibrydodd fy mam-gu 'nôl. 'Hi yw'r un bitw fach mewn gwisg ddu sy'n eistedd ar ben y bwrdd agosaf aton ni.'

'Fe allai hi dy ladd di!' sibrydais. 'Fe allai hi ladd unrhyw un yn yr ystafell hon â'i gwreichion eirias!'

'Gwylia!' sibrydodd fy mam-gu. 'Mae'r gweinydd yn dod!'

I lawr â mi o'r golwg a chlywais William yn dweud, 'Eich cig oen rhost, madam. A pha lysiau hoffech chi eu cael? Pys neu foron?'

'Moron, os gwelwch chi'n dda,' meddai fy mam-gu. 'Ond dim tatws.'

Clywais y moron yn cael eu rhoi ar y plât. Yna tawelwch. Wedyn llais fy mam-gu'n sibrwd. 'Popeth yn iawn. Mae e wedi mynd.' Rhoddais fy mhen allan eto. 'Does bosib na fydd neb yn sylwi ar fy mhen bach yn sticio allan fel hyn?' sibrydais.

'Na fydd,' atebodd. 'Mae'n debyg na sylwan nhw.' Fy mhroblem *i* yw fod rhaid i mi siarad â ti heb symud fy ngwefusau.'

'Rwyt ti'n gwneud yn ardderchog,' meddwn i.

'Dw i wedi cyfrif y gwrachod,' meddai hi. 'Does dim hanner cymaint ag roeddet ti'n meddwl. Dim ond dyfalu roeddet ti, yntê, pan ddwedaist ti ddau gant?'

'Roedden nhw'n *edrych* fel dau gant, dyna i gyd,' meddwn i.

'Roeddwn i'n anghywir, hefyd,' meddai fy mam-gu. 'Roeddwn i'n meddwl bod llawer mwy o wrachod na hyn yn Lloegr.'

'Faint sydd yna?' gofynnais.

'Wyth deg pedwar,' meddai hi.

'*Roedd* wyth deg pump,' meddwn i. 'Ond fe gafodd un ohonyn nhw ei ffrio.'

Yr eiliad honno, sylwais ar Mr Jenkins, tad Bruno, yn dod yn syth am ein bwrdd ni. 'Gwylia, Mam-gu!' sibrydais. 'Dyma dad Bruno'n dod!'

Mr Jenkins a'i Fab

Brasgamodd Mr Jenkins tuag at ein bwrdd ni a golwg benderfynol iawn ar ei wyneb.

'Ble mae eich ŵyr chi?' meddai wrth fy mam-gu. Siaradai'n anghwrtais ac edrychai'n flin a chrac iawn.

Edrychodd fy mam-gu mor oeraidd ag y gallai, ond nid atebodd ef.

'Dw i'n tybio ei fod ef a'm mab Bruno yn gwneud rhyw ddrygioni,' aeth Mr Jenkins yn ei flaen. 'Dyw Bruno ddim wedi dod i gael swper ac mae angen tipyn i wneud i'r bachgen yna golli pryd o fwyd!'

'Rhaid cyfaddef bod ganddo archwaeth dda iawn,' meddai fy mam-gu.

'Fy nheimlad i yw eich bod *chi* yn rhan o hyn hefyd,' meddai Mr Jenkins. 'Dw i ddim yn gwybod pwy ddiawl y'ch chi a does dim llawer o wahaniaeth gen i, ond fe chwaraeoch chi dric cas iawn arna i a'm gwraig y prynhawn 'ma. Fe roddoch chi lygoden fach ffiaidd ar y bwrdd. Mae hynny'n gwneud i mi feddwl bod rhywbeth gyda'r tri ohonoch chi i gyd ar waith. Felly os dych chi'n gwybod ble mae Bruno'n cuddio, a fyddech chi cystal â dweud wrtha i ar unwaith?'

'Nid tric oedd hwnna,' meddai fy mam-gu. 'Eich mab chi eich hunan, Bruno, oedd y llygoden a geisiais ei rhoi i chi. Roeddwn i'n garedig wrthoch chi. Roeddwn i'n ceisio ei roi 'nôl i chi fel teulu. Fe wrthodoch chi ei gymryd e.'

'Beth ar y ddaear rydych chi'n feddwl, madam?' gwaeddodd Mr Jenkins. 'Nid *llygoden* yw fy mab i!' Roedd ei fwstas du'n neidio i fyny ac i lawr fel yr andros wrth iddo siarad. 'Dewch, fenyw! Ble mae e? Dwedwch!'

Roedd y teulu wrth y bwrdd nesaf aton ni wedi stopio bwyta ac yn syllu ar Mr Jenkins. Eisteddai fy mam-gu yno'n pwffian yn dawel wrth ei sigâr ddu. 'Fe allaf ddeall eich dicter yn iawn, Mr Jenkins,' meddai hi. 'Fe fyddai unrhyw dad arall o Sais yr un mor flin a chrac â chi. Ond draw yn Norwy o ble dw i'n dod, rydyn ni'n eithaf cyfarwydd â'r math yma o bethau'n digwydd. Rydyn ni wedi dysgu i'w derbyn nhw'n rhan o fywyd bob dydd.'

'Rhaid eich bod chi'n wallgof, fenyw!' gwaeddodd Mr Jenkins. 'Ble mae Bruno? Os na ddwedwch chi wrtha i ar unwaith fe fydda i'n galw ar yr heddlu!'

'Llygoden yw Bruno,' meddai fy mam-gu, mor ddigyffro ag erioed.

'*Nid* llygoden yw e, yn sicr ddigon!' gwaeddodd Mr Jenkins.

'O ie!' meddai Bruno, gan wthio ei ben allan o'r bag llaw.

Neidiodd Mr Jenkins ryw dair troedfedd i'r awyr.

'Helô, Dad,' meddai Bruno. Roedd ganddo ryw wên lygodennaidd ddwl ar ei wyneb.

Agorodd ceg Mr Jenkins led y pen, fel fy mod i'n gallu gweld y llenwadau aur yn ei ddannedd cefn.

'Paid â phoeni, Dad,' aeth Bruno yn ei flaen. 'Dyw pethau ddim cynddrwg â hynny. Ond i'r gath beidio fy nala i.'

'B-B-Bruno!' bustachodd Mr Jenkins.

'Dim rhagor o ysgol!' meddai Bruno, gan roi gwên lygoden fawr a gwirion. 'Dim rhagor o waith cartref! Fe gaf fyw yng nghwpwrdd y gegin a gwledda ar resins a mêl!'

'O-o-ond B-B-Bruno!' bustachodd Mr Jenkins eto. 'S-sut digwyddodd hyn?' Doedd gan y dyn druan ddim gwynt ar ôl yn ei hwyliau o gwbl.

'Gwrachod,' meddai fy mam-gu. 'Y gwrachod wnaeth.'

'Alla i ddim cael llygoden yn fab!' sgrechiodd Mr Jenkins.

'Mae un gyda chi,' meddai fy mam-gu. 'Byddwch yn garedig wrtho, Mr Jenkins.'

'Fe fydd Mrs Jenkins yn mynd yn ddwl!' bloeddiodd Mr Jenkins. 'All hi mo'u dioddef nhw!'

'Fe fydd rhaid iddi ddod yn gyfarwydd ag e, dyna i gyd,' meddai fy mam-gu. 'Gobeithio nad ydych chi'n cadw cath yn y tŷ.'

'Ydyn, ydyn!' llefodd Mr Jenkins. 'Topsy yw hoff anifail fy ngwraig!'

'Wel bydd rhaid i chi gael gwared ar Topsy, 'te,' meddai fy mam-gu. 'Mae eich mab chi'n bwysicach na'ch cath chi.'

'Ydy, wir!' gwaeddodd Bruno o'r tu mewn i'r bag llaw. 'Dwedwch wrth Mam bod rhaid iddi gael gwared ar Topsy cyn i mi fynd adref!'

Erbyn hyn roedd hanner yr Ystafell Fwyta'n gwylio ein criw bach ni. Roedd cyllyll a ffyrc a llwyau wedi'u rhoi i lawr a dros y lle i gyd roedd pennau'n troi i syllu ar Mr Jenkins wrth iddo sefyll yno'n poeri a gweiddi. Allen nhw ddim gweld naill ai Bruno na minnau ac roedden nhw'n meddwl tybed am beth roedd yr holl ffws a ffwdan.

'Gyda llaw,' meddai fy mam-gu, 'hoffech chi wybod pwy wnaeth hyn iddo?' Roedd gwên fach ddireidus ar ei hwyneb a gallwn weld ei bod hi ar fin cael Mr Jenkins i helynt.

'Pwy?' gwaeddodd. 'Pwy wnaeth hyn?'

'Y fenyw 'na draw fan 'na,' meddai fy mam-gu. 'Yr un fach mewn ffrog ddu ar ben y bwrdd hir.'

'Mae hi yn CFACB!' gwaeddodd Mr Jenkins. 'Hi yw'r Gadeiryddes!'

'O nage,' meddai fy mam-gu. 'Hi yw Prif Uchel Wrach y Byd i Gyd.'

'Rydych chi'n dweud mai *hi* wnaeth hyn, y fenyw fach denau yna draw fan 'na!' gwaeddodd Mr Jenkins, gan bwyntio ati â bys hir. 'Myn asen i, fe fydd fy nghyfreithwyr ar ei hôl hi am hyn! Fe wnaf iddi dalu trwy ei thrwyn!'

'Fyddwn i ddim yn gwneud dim byd byrbwyll,' meddai fy mam-gu wrtho. 'Mae gan y fenyw 'na alluoedd hud a lledrith. Fe allai hi benderfynu eich troi *chi* yn rhywbeth hyd yn oed yn fwy dwl na llygoden. Chwilen ddu efallai.'

'Fy nhroi *i* yn *chwilen ddu*!' gwaeddodd Mr Jenkins, a'i frest yn chwyddo. 'Fe hoffwn i ei gweld hi'n rhoi cynnig arni!' Trodd ar ei sawdl a dechrau martsio ar draws yr Ystafell Fwyta tuag at fwrdd Y Brif Uchel Wrach. Dyma fy mam-gu a minnau yn ei wylio. Roedd Bruno wedi neidio i fyny ar ein bwrdd ni ac yn gwylio ei dad hefyd. Roedd pawb yn yr Ystafell Fwyta, fwy neu lai, yn gwylio Mr Jenkins nawr. Arhosais i lle roeddwn i, gan wthio fy nhrwyn allan o fag llaw fy mam-gu. Roeddwn i'n meddwl ei bod hi siŵr o fod yn gallach i mi aros.

Y Fuddugoliaeth

Doedd Mr Jenkins ddim wedi mynd mwy nag ychydig gamau tuag at fwrdd Y Brif Uchel Wrach pan gododd sgrech fain uwchlaw'r holl dwrw arall yn yr ystafell, ac ar yr un eiliad dyma fi'n gweld Y Brif Uchel Wrach yn saethu fry i'r awyr!

Nawr roedd hi'n sefyll ar ei chadair, yn dal i sgrechian . . .

Nawr roedd hi ar ben y bwrdd, yn chwifio ei breichiau . . .

'Beth yn y byd sy'n digwydd, Mam-gu?'

'Aros!' meddai fy mam-gu. 'Bydd ddistaw a gwylia.'

Yn sydyn, roedd yr holl wrachod eraill, dros wyth deg ohonyn nhw, yn dechrau sgrechian a neidio o'u cadeiriau fel petai sbigyn yn cael ei roi yn eu penolau nhw. Roedd rhai'n sefyll ar gadeiriau, eraill ar ben y byrddau ac roedd pob un ohonyn nhw'n gwingo ac yn chwifio eu dwylo'n rhyfedd iawn.

Yna, yn sydyn, aeth pob un yn dawel.

Yna ymsythodd pob un ohonynt. Roedd pob gwrach yn sefyll yno'n stond ac yn dawel fel corff marw.

Daeth tawelwch llethol dros yr ystafell i gyd.

'Maen nhw'n mynd yn llai, Mam-gu!' meddwn i. 'Maen nhw'n mynd yn llai, yn union fel gwnes i!'

'Dw i'n gwybod eu bod nhw,' meddai fy mam-gu.

'Y Gwneuthurwr Llygod yw e!' gwaeddais. 'Edrych! Mae rhai ohonyn nhw'n tyfu ffwr ar eu hwynebau! Pam mae e'n gweithio mor glou, Mam-gu?'

'Fe ddweda i pam wrthot ti,' meddai fy mam-gu. 'Achos mae pob un ohonyn nhw wedi cael gorddos enfawr, yn union fel ti. Mae e wedi drysu'r cloc larwm i gyd!'

Roedd pawb yn yr Ystafell Fwyta'n sefyll nawr i gael gwell golwg. Roedd pobl yn symud yn nes. Roedden nhw'n dechrau tyrru o gwmpas y ddau fwrdd hir. Cododd fy mam-gu Bruno a minnau i fyny fel na

fydden ni'n colli unrhyw ran o'r hwyl. Yn ei chyffro, neidiodd hi ar ei chadair er mwyn gallu gweld dros bennau'r dyrfa.

Ymhen ychydig eiliadau wedyn, roedd y gwrachod i gyd wedi diflannu'n llwyr ac roedd y byrddau'n ferw o lygod bach brown.

Dros yr Ystafell Fwyta i gyd roedd menywod yn sgrechian a dynion cryf yn troi'n welw ac yn gweiddi, 'Mae hyn yn wallgof! All hyn ddim digwydd! Gwell i ni adael yn syth!' Roedd gweinyddion yn ymosod ar y llygod â chadeiriau a photeli gwin ac unrhyw beth arall a oedd wrth law. Gwelais gogydd mewn het wen uchel yn rhuthro allan o'r gegin yn cario padell ffrio, ac roedd un arall yn union y tu ôl iddo *fe* yn cario cyllell

gig uwch ei ben, ac roedd pawb yn gweiddi, 'Llygod! Llygod! Llygod! Rhaid i ni gael gwared ar y llygod!' Dim ond y plant yn yr ystafell oedd wir wrth eu bodd. Roedden nhw i gyd fel petaen nhw'n gwybod yn reddfol fod rhywbeth da yn digwydd yn union o'u blaenau nhw, ac roedden nhw'n curo dwylo ac yn cymeradwyo ac yn chwerthin yn wyllt.

'Mae'n bryd mynd,' meddai fy mam-gu. 'Mae ein gwaith ni ar ben.' Daeth i lawr oddi ar ei chadair a chodi'i bag llaw a'i roi dros ei braich. Roeddwn i ganddi yn ei llaw dde a Bruno yn ei llaw chwith. 'Bruno,' meddai, 'fe ddaeth hi'n amser dy roi 'nôl i'th deulu.'

'Dyw fy mam ddim yn dwlu ar lygod,' meddai Bruno.

'Felly sylwais i,' meddai fy mam-gu. 'Fe fydd rhaid iddi ddod yn gyfarwydd â ti, oni fydd?'

Doedd hi ddim yn anodd dod o hyd i Mr a Mrs Jenkins. Gallet ti glywed llais uchel Mrs Jenkins dros yr ystafell i gyd. 'Herbert!' roedd hi'n sgrechian. 'Herbert, cer â fi oddi yma! Mae llygod ym mhobman! Fe ddringan nhw i fyny fy sgert i!' Roedd ei breichiau'n uchel am ei gŵr ac o'r man lle roeddwn i roedd hi fel petai'n hongian o'i wddf.

Aeth fy mam-gu tuag atynt a rhoi Bruno yn llaw Mr Jenkins. 'Dyma eich bachgen bach,' meddai hi. 'Mae angen iddo fynd ar ddeiet.'

'Helô, Dad!' meddai Bruno. 'Helô, Mam!'

Sgrechiodd Mrs Jenkins yn uwch fyth. Dyma fy mam-gu, a minnau yn ei llaw, yn troi ac yn martsio allan o'r ystafell. Aeth yn syth ar draws cyntedd y gwesty ac allan drwy'r brif fynedfa i'r awyr agored.

Y tu allan roedd hi'n noson gynnes braf a gallwn glywed y tonnau'n torri ar y traeth yn union dros y ffordd o'r gwesty.

'Oes tacsi yma?' meddai fy mam-gu wrth y porthor tal yn ei iwnifform werdd.

'Oes siŵr, madam,' meddai, a rhoddodd ddau fys yn ei geg a chwibanu'n hir ac yn uchel. Gwyliais ef yn llawn eiddigedd. Roeddwn i wedi bod yn ceisio chwibanu fel 'na am wythnosau ond doeddwn i ddim wedi llwyddo unwaith. Nawr fyddwn i byth yn gwneud.

Daeth y tacsi. Dyn eithaf hen gyda mwstas llipa du trwchus oedd y gyrrwr. Roedd y mwstas yn hongian dros ei geg fel gwreiddiau rhyw blanhigyn. 'I ble, madam?' gofynnodd. Yn sydyn, sylwodd arna i, llygoden fach, yn llaw fy mam-gu. 'Argoledig!' meddai. 'Beth yw hwnna?'

'Fy ŵyr yw e,' meddai fy mam-gu. 'Gyrrwch ni i'r orsaf, os gwelwch chi'n dda.'

'Dw i wastad wedi hoffi llygod,' meddai'r hen yrrwr tacsi. 'Roeddwn i'n arfer cadw cannoedd ohonyn nhw pan oeddwn i'n fachgen. Llygod sy'n magu gyflymaf yn y byd, wyddech chi hynny, madam? Felly os mai fe yw eich ŵyr chi, fe fydd gyda chi rai *gor*wyrion i fynd gyda fe mewn ychydig wythnosau!'

'Gyrrwch ni i'r orsaf, os gwelwch chi'n dda,' meddai fy mam-gu, gan edrych yn sychlyd.

'Iawn, madam,' meddai. 'Yn syth bin.'

Aeth fy mam-gu i gefn y tacsi ac eistedd a'm rhoi i ar ei chôl.

'Ydyn ni'n mynd adre?' gofynnais iddi.

'Ydyn,' atebodd. ''Nôl i Norwy.'

'Hwrê!' gwaeddais. 'O, hwrê, hwrê, hwrê!'

'Ro'n i'n meddwl y byddet ti'n hoffi hynny,' meddai hi.

'Ond beth am ein bagiau ni?'

'Beth yw'r ots am fagiau?' meddai hi.

Roedd y tacsi'n gyrru drwy strydoedd Bournemouth a dyma'r adeg o'r dydd pan oedd y palmentydd yn llawn pobl ar eu gwyliau a phob un yn crwydro'n ddiamcan heb ddim i'w wneud.

'Sut rwyt ti'n teimlo, cariad?' meddai fy mam-gu.

'Yn iawn,' meddwn i. 'Yn hollol wych.'

Dechreuodd anwesu'r ffwr ar fy ngwegil ag un bys. 'Rydyn ni wedi gwneud pethau mawr heddiw,' meddai hi.

'Mae wedi bod yn anhygoel,' meddwn i. 'Yn hollol anhygoel.'

Calon Llygoden

Roedd hi'n hyfryd bod 'nôl yn Norwy eto yn hen dŷ gwych fy mam-gu. Ond a finnau mor fach nawr, roedd popeth yn edrych yn wahanol a chymerodd hi dipyn o amser i mi ddod o hyd i fy ffordd o gwmpas. Roedd fy myd yn llawn carpedi a choesau byrddau a choesau cadeiriau a'r bylchau bach y tu ôl i ddarnau mawr o ddodrefn. Roedd hi'n amhosibl agor drws oedd ar gau a doeddwn i ddim yn gallu cyrraedd dim byd oedd ar ben bwrdd.

Ond ar ôl ychydig ddyddiau, dechreuodd fy mam-gu ddyfeisio pethau er mwyn gwneud i'm bywyd fod ychydig yn haws. Gofynnodd i saer roi nifer o ysgolion tenau at ei gilydd a rhoddodd un o'r rhain yn erbyn pob bwrdd yn y tŷ er mwyn i mi allu dringo pryd bynnag roeddwn i eisiau. Gwnaeth hi ei hunan ddyfais wych i agor drysau allan o weiars a sbringiau a phwlïau, gyda phwysau trwm yn hongian ar linynnau, a chyn hir roedd agorwr ar bob drws yn y tŷ. Y cyfan roedd rhaid i mi ei wneud oedd gwasgu fy mhawennau blaen ar ddarn bach o bren a dyna ni, byddai sbring yn ymestyn a byddai pwysau'n gollwng a byddai'r drws yn agor led y pen.

Nesaf, gwnaeth system yr un mor ddyfeisgar er mwyn i mi allu cynnau'r golau pan fyddwn i'n mynd i mewn i ystafell yn y nos. Alla i ddim egluro sut roedd hi'n gweithio achos dw i'n gwybod dim am drydan, ond

roedd botwm bach yn y llawr ar bwys y drws ym mhob ystafell, a phan fyddwn i'n gwasgu'r botwm yn ofalus ag un bawen, byddai'r golau'n cynnau. Pan fyddwn i'n ei wasgu'r ail dro, byddai'r golau'n diffodd eto.

Gwnaeth fy mam-gu frws dannedd pitw bach i mi, gan ddefnyddio matsien yn goes, ac ar hon gludiodd ddarnau bach o flew roedd hi wedi'u torri o un o'i brwsys gwallt ei hunan. '*Fiw* i ti gael unrhyw dyllau yn dy ddannedd,' meddai. 'Alla i ddim mynd â *llygoden* at y deintydd! Fe fyddai e'n meddwl fy mod i'n ddwl!'

'Mae'n ddoniol,' meddwn i, 'ond ers i mi droi'n llygoden dw i'n casáu blas losin a siocled. Felly dw i ddim yn meddwl y caf i unrhyw dyllau.'

'Rwyt ti'n mynd i frwsio dy ddannedd ar ôl bob pryd o hyd,' meddai fy mam-gu. Ac fe fyddwn i.

186

Rhoddodd fasn siwgr arian i mi yn fath, a byddwn i'n cael bath ynddo bob nos cyn mynd i'r gwely. Doedd hi ddim yn gadael i neb arall ddod i'r tŷ, ddim hyd yn oed was neu gogyddes. Roedden ni'n hapus ar ein pennau ein hunain ac roedden ni'n fodlon iawn yng nghwmni ein gilydd.

Un noson, wrth i mi orwedd ar gôl fy mam-gu o flaen y tan, meddai wrthyf, 'Tybed beth ddigwyddodd i'r Bruno bach yna.'

'Fyddwn i ddim yn synnu petai ei dad wedi'i roi i'r porthor i'w foddi yn y bwced glo,' atebais.

'Dw i'n ofni y gallet ti fod yn iawn,' meddai fy mam-gu. 'Druan bach ag e.'

Fe fuon ni'n dawel am ychydig funudau. Roedd fy mam-gu'n pwffian wrth ei sigâr ddu a finnau'n cysgu'n gyfforddus yn y gwres.

'Gaf i ofyn rhywbeth i ti, Mam-gu?' meddwn i.

'Gofyn di beth bynnag hoffet ti, cariad.'

'Am faint mae llygod yn byw?'

'A,' meddai hi. 'Dw i wedi bod yn aros i ti ofyn hynny i mi.'

Bu tawelwch. Eisteddai yno'n ysmygu ac yn syllu ar y tân.

'Wel,' meddwn i. 'Am faint *ry'n* ni'n byw, ni'r llygod?'

'Dw i wedi bod yn darllen am lygod,' meddai hi. 'Dw i wedi bod yn ceisio dod o hyd i bopeth galla i amdanyn nhw.'

'Dwed, 'te Mam-gu. Pam nad wyt ti'n dweud wrtha i?'

'Os wyt ti wir eisiau gwybod,' meddai hi. 'Dw i'n ofni nad yw llygod yn byw'n hir iawn.'

'Am faint?' gofynnais.

'Wel, dim ond am ryw dair blynedd mae llygoden *gyffredin* yn byw. Ond nid llygoden gyffredin wyt ti. Rwyt ti'n berson-llygoden, ac mae hynny'n fater cwbl wahanol.'

'Pa mor wahanol?' gofynnais. 'Am faint mae person-llygoden yn byw, Mam-gu?'

'Am fwy o amser,' meddai. 'Am lawer mwy.'

'Bydd person-llygoden bron yn sicr yn byw am dair gwaith cymaint â llygoden gyffredin,' meddai fy mam-gu. 'Tua naw mlynedd.'

'Da iawn!' gwaeddais. 'Mae hynny'n wych! Dyna'r newyddion gorau gefais i erioed!'

'Pam rwyt ti'n dweud hynny?' gofynnodd hi, wedi synnu.

'Achos fyddwn i byth eisiau byw am fwy o amser na ti,' meddwn i. 'Allwn i ddim dioddef cael rhywun arall yn gofalu amdanaf i.'

Bu tawelwch am ychydig. Roedd ganddi ffordd o fy anwesu y tu ôl i'm clustiau â blaen un bys. Roedd e'n deimlad braf.

'Pa mor hen wyt *ti*, Mam-gu?' gofynnais.

'Dw i'n wyth deg chwech,' meddai hi.

'Wnei di fyw am wyth neu naw mlynedd eto?'

'Efallai,' meddai hi. 'Gyda thipyn o lwc.'

'Mae'n rhaid i ti,' meddwn i. 'Achos erbyn hynny fe fydda i'n llygoden hen iawn ac fe fyddi di'n fam-gu hen iawn ac yn fuan wedyn fe fyddwn ni'n dau farw gyda'n gilydd.'

'Fe fyddai hynny'n berffaith,' meddai hi.

Fe fues i'n cysgu ychydig ar ôl hynny. Cau fy llygaid a meddwl am ddim a theimlo'n fodlon fy myd.

'Hoffet ti wybod rhywbeth amdanat ti sy'n ddiddorol iawn?' meddai fy mam-gu.

'Hoffwn, plis, Mam-gu,' meddwn i, heb agor fy llygaid.

'Allwn i ddim credu'r peth i ddechrau, ond mae'n debyg ei fod yn hollol wir,' meddai hi.

'Beth yw e?' gofynnais.

'Mae calon llygoden,' meddai hi, 'ac mae hynny'n golygu dy galon *di*, yn curo *bum can gwaith y funud*! Rhyfeddol, on'd yw e?'

'Dyw hynny ddim yn bosibl,' meddwn i, gan agor fy llygaid yn fawr.

'Wir i ti,' meddai hi. 'Mae'n rhyw fath o wyrth.'

'Mae hynny'n naw curiad bob eiliad!' gwaeddais, gan weithio'r peth allan yn fy mhen.

'Cywir,' meddai hi. 'Mae dy galon di'n curo mor gyflym nes ei bod hi'n amhosibl clywed y curiadau unigol. Dim ond sŵn hymian tawel sydd i'w glywed.'

Roedd hi'n gwisgo ffrog les ac roedd y les yn goglais fy nhrwyn. Roedd rhaid i mi orffwys fy mhen ar fy mhawennau blaen.

'Wyt *ti* erioed wedi clywed fy nghalon yn hymian, Mam-gu?' gofynnais iddi.

'Yn aml,' meddai hi. 'Dw i'n ei chlywed hi pan wyt ti'n gorwedd yn agos ata i ar y gobennydd yn y nos.'

Arhosodd y ddau ohonon ni'n dawel o flaen y tân am amser hir wedi hynny, gan feddwl am y pethau gwych hyn.

'Cariad,' meddai hi o'r diwedd, 'wyt ti'n siŵr nad oes ots gyda ti fod yn llygoden am weddill dy fywyd?'

'Does dim ots gyda fi o gwbl,' meddwn i. 'Does dim ots pwy wyt ti neu sut rwyt ti'n edrych ond i rywun dy garu di.'

I'r Gad!

I swper y noson honno cafodd fy mam-gu omlet plaen ac un dafell o fara. Cefais i ddarn o'r caws gafr brown hwnnw o Norwy o'r enw *gjetost* roeddwn i'n dwlu arno hyd yn oed pan oeddwn i'n fachgen. Bwyton ni o flaen y tân, fy mam-gu yn ei chadair freichiau a minnau ar y bwrdd gyda'r caws ar blât bychan.

'Mam-gu,' meddwn i, 'gan ein bod ni nawr wedi cael gwared ar Y Brif Uchel Wrach, a fydd yr holl wrachod eraill yn y byd yn diflannu'n raddol?'

'Dw i'n hollol siŵr na fyddan nhw,' atebodd hi.

Rhoddais y gorau i gnoi a syllu arni. 'Ond mae'n *rhaid* iddyn nhw!' gwaeddais. 'Rhaid iddyn nhw, does bosib!'

'Nac oes, yn anffodus,' meddai hi.

'Ond os nad yw hi yno bellach, sut maen nhw'n mynd i gael yr holl arian sydd ei angen arnyn nhw? A phwy sy'n mynd i roi gorchmynion iddyn nhw a'u hysgogi nhw yn y Cyfarfodydd Blynyddol a dyfeisio'r holl fformiwlâu hudol iddyn nhw?'

'Pan fydd brenhines yn marw ym myd y gwenyn, mae brenhines arall bob amser yn y cwch yn barod i gymryd ei lle,' meddai fy mam-gu. 'Mae'r un peth yn wir am wrachod. Yn y pencadlys mawr lle mae'r Brif Uchel Wrach yn byw, mae Prif Uchel Wrach arall bob amser yn barod i gymryd drosodd petai rhywbeth yn digwydd.'

'O na!' gwaeddais. 'Mae hynny'n golygu bod popeth wnaethon ni'n ofer! Ydw i wedi dod yn llygoden er mwyn dim byd?'

'Fe achubon ni blant Lloegr,' meddai hi. 'Dw i ddim yn galw hynny'n ddim byd.'

'Dw i'n gwybod, dw i'n gwybod!' llefais. 'Ond dyw hynny ddim yn hanner digon! Ro'n i'n teimlo'n siŵr y byddai holl wrachod y byd yn diflannu'n araf ar ôl i ni gael gwared ar eu harweinydd! Nawr rwyt ti'n dweud wrtha i fod popeth yn mynd i barhau'n union fel o'r blaen!'

'Ddim yn union fel o'r blaen,' meddai fy mam-gu. 'Er enghraifft, does dim gwrachod yn Lloegr nawr. Mae hynny'n dipyn o fuddugoliaeth, on'd yw hi?'

'Ond beth am weddill y byd?' llefais. 'Beth am Gymru ac America a Ffrainc a'r Iseldiroedd a'r Almaen? A beth am Norwy?'

'Rhaid i ti beidio â meddwl 'mod i wedi bod yn eistedd 'nôl yn gwneud dim dros yr ychydig ddydd-iau diwethaf hyn,' meddai hi. 'Dw i wedi bod yn rhoi cryn dipyn o ystyriaeth ac amser i'r broblem arbennig honno.'

Roeddwn i'n edrych ar ei hwyneb wrth iddi ddweud hyn, ac yn sydyn sylwais fod gwên fach ddirgel yn dech-rau lledu'n araf o gwmpas ei llygaid a chorneli ei cheg. 'Pam rwyt ti'n gwenu, Mam-gu?' gofynnais iddi.

'Mae gen i newyddion digon diddorol i ti,' meddai hi.

'Pa newyddion?'

'A ddweda i'r cyfan wrthot ti o'r dechrau'n deg?'

'Gwnei, plis,' meddwn i. 'Dw i'n hoffi newyddion da.'

Roedd hi wedi gorffen ei homlet, ac roeddwn i wedi cael digon o gaws. Sychodd ei gwefusau â napcyn a dweud, 'Cyn gynted ag y cyrhaeddon ni Norwy eto, fe godais y ffôn a gwneud galwad i Loegr.'

'I bwy yn Lloegr, Mam-gu?'

'I Bennaeth yr Heddlu yn Bournemouth, cariad. Dwedais wrtho mai fi oedd Pennaeth Heddlu Norwy gyfan a bod gen i ddiddordeb yn y digwyddiadau rhyfedd yn yr Hotel Magnificent yn ddiweddar.'

'Nawr dal dy afael am eiliad, Mam-gu,' meddwn i. 'Fyddai plismon yn Lloegr byth yn credu mai *ti* yw Pennaeth yr Heddlu yn Norwy.'

'Dw i'n dda iawn am ddynwared llais dyn,' meddai hi. 'Fe gredodd e fi, wrth gwrs. Roedd hi'n anrhydedd fawr i'r plismon yn Bournemouth gael galwad oddi wrth Bennaeth Heddlu Norwy gyfan.'

'Felly beth ofynnaist ti iddo fe?'

'Fe ofynnais iddo am enw a chyfeiriad y fenyw a oedd wedi bod yn aros yn Ystafell 454 Hotel Magnificent, yr un a oedd wedi diflannu.'

'Y Brif Uchel Wrach, rwyt ti'n feddwl!' gwaeddais.

'Ie, cariad.'

'Ac a roddodd e'r wybodaeth i ti?'

'Do, fe roddodd e'r wybodaeth i mi wrth gwrs. Fe fydd un plismon bob amser yn helpu plismon arall.'

'Nefoedd wen, rwyt ti'n fodlon mentro, Mam-gu!'

'Roeddwn i eisiau ei chyfeiriad hi,' meddai fy mam-gu.

'Ond oedd e'n *gwybod* ei chyfeiriad hi?'

'Oedd yn wir. Roedden nhw wedi dod o hyd i'w phasport yn ei hystafell ac roedd ei chyfeiriad ynddo. Roedd e hefyd yng nghofrestr y gwesty. Mae'n rhaid i bawb sy'n aros mewn gwesty roi enw a chyfeiriad yn y llyfr.'

'Ond does bosib na fyddai'r Brif Uchel Wrach wedi rhoi ei henw a'i chyfeiriad *go iawn* yng nghofrestr y gwesty?' meddwn i.

'Pam lai?' meddai fy mam-gu. 'Doedd gan neb yn y byd syniad pwy oedd hi heblaw am y gwrachod eraill. Ble bynnag roedd hi'n mynd, roedd pobl yn ei nabod hi fel menyw neis, dyna i gyd. *Ti*, fy nghariad i, a *ti'n unig*, oedd yr unig berson erioed nad oedd yn wrach

194

i'w gweld hi heb ei masg. Hyd yn oed yn ei milltir sgwâr, yn y pentref lle roedd hi'n byw, roedd pobl yn ei nabod hi fel Barwnes garedig a chyfoethog iawn a roddai arian mawr i elusennau. Dw i wedi gwirio hynny.'

Roeddwn i'n dechrau cyffroi nawr. 'A rhaid mai'r cyfeiriad gest ti, Mam-gu, oedd pencadlys cyfrinachol Y Brif Uchel Wrach.'

'Dyna lle mae e o hyd,' meddai fy mam-gu. 'A dyna'n sicr lle mae'r Brif Uchel Wrach yn byw yr eiliad hon gyda'i gosgordd o Wrachod Cynorthwyol arbennig. Mae gan reolwyr pwysig osgordd fawr o gynorthwywyr bob amser.'

'Ble mae ei phencadlys hi, Mam-gu?' llefais. 'Dwed wrtha i'n glou ble mae e!'

'Castell yw e,' meddai fy mam-gu. 'A'r peth rhyfeddol yw y bydd enwau a chyfeiriadau pob gwrach yn y byd yn y Castell hwnnw! Dyna'r unig ffordd i Brif Uchel Wrach redeg ei busnes! Dyna'r unig ffordd y gallai hi alw gwrachod y gwahanol wledydd i'w Cyfarfodydd Blynyddol!'

'Ble mae'r Castell, Mam-gu?' llefais yn ddiamynedd. 'Ym mha wlad? Dwed wrtha i'n glou!'

'Dyfala,' meddai hi.

'Norwy!' llefais.

'Cywir y tro cyntaf!' atebodd. 'I fyny fry yn y mynyddoedd uwchben pentref bychan.'

Roedd hyn yn newyddion gwefreiddiol. Gwnes ddawns fach gyffrous ar ben y bwrdd. Roedd fy mam-gu'n dechrau cyffroi ei hunan a nawr dyma hi'n codi

ei hunan o'i chadair a dechrau cerdded i fyny ac i lawr yr ystafell, gan bwnio'r carped â'i ffon.

'Felly mae gwaith gyda ni i'w wneud, ti a fi!' gwaeddodd yn uchel.

'Mae tasg fawr o'n blaenau ni! Diolch i'r nefoedd mai llygoden wyt ti! Fe all llygoden fynd i unrhyw le! Y cyfan fydd rhaid i mi ei wneud yw dy roi i lawr rywle yn ymyl Castell Y Brif Uchel Wrach ac fe fydd hi'n hawdd iawn i ti fynd i mewn iddo a chropian o gwmpas yn edrych ac yn gwrando wrth fodd dy galon!'

'Bydd! Bydd!' atebais. 'Weliff neb mohono i byth! Chwarae plant fydd symud o gwmpas mewn Castell mawr o'i gymharu â mynd i gegin yn orlawn o gogyddion a gweinyddion!'

'Fe allet ti dreulio *dyddiau* yno petai rhaid!' gwaeddodd fy mam-gu. Yn ei chyffro roedd hi'n chwifio ei ffon dros y lle i gyd, ac yn sydyn dyma hi'n bwrw ffiol flodau dal a hardd iawn a syrthiodd ar y llawr a thorri'n deilchion. 'Anghofia amdani,' meddai. 'Dim ond un Ming yw hi. Fe allet ti dreulio *wythnosau* yn y Castell 'na taset ti eisiau a fydden nhw byth yn gwybod dy fod ti yno! Fe fyddwn i fy hunan yn cael ystafell yn y pentref ac fe allet ti sleifio allan o'r Castell a chael swper gyda mi bob nos a dweud wrtha i beth oedd yn digwydd.'

'Gallwn! Gallwn!' gwaeddais yn uchel. 'Ac yn y Castell gallwn i chwilota ym mhobman!'

'Ond dy brif waith, wrth gwrs,' meddai fy mam-gu, 'fyddai dinistrio pob gwrach yn y lle. Dyna'n wir *fyddai* diwedd yr holl drefn!'

'*Fi* yn eu dinistrio *nhw*?' gwaeddais. 'Sut gallwn i wneud hynny?'

'Fedri di ddim dyfalu?' meddai hi.

'Dwed wrtha i,' meddwn i.

'Gwneuthurwr Llygod!' gwaeddodd fy mam-gu. 'Gwneuthurwr Llygod Hwyrweithredol Fformiwla 86 eto fyth! Fe fyddi di'n ei fwydo i bawb yn y Castell drwy roi diferion ohono yn eu bwyd! Rwyt ti'n cofio'r rysáit, on'd wyt ti?'

'Pob darn bach ohono!' atebais. 'Ydyn ni'n mynd i'w wneud e ein hunain?'

'Pam lai?' gwaeddodd. 'Os gallan *nhw* ei wneud e, gallwn ninnau hefyd! Mater o wybod beth yw'r cyn-hwysion yw hi, dyna'i gyd!'

'Pwy sy'n mynd i ddringo'r coed tal i nôl wyau'r rhochod?' gofynnais iddi.

'Fe wnaf i!' gwaeddodd. 'Fe wnaf i hynny fy hunan! Mae digon o fynd yn yr hen esgyrn yma o hyd!'

'Dw i'n credu y byddai'n well i mi wneud y rhan yna, Mam-gu. Fe allet ti gwympo.'

'Dim ond manylion yw'r rheina!' gwaeddodd, gan chwifio ei ffon unwaith eto. 'Wnawn ni ddim gadael i ddim byd sefyll yn ein ffordd ni!'

'A beth sy'n digwydd wedyn?' gofynnais iddi. 'Ar ôl i'r Brif Uchel Wrach newydd a phawb arall yn y Castell gael eu troi'n llygod?'

'Wedyn fe fydd y Castell yn hollol wag ac fe fydda i'n dod i mewn ac yn ymuno â ti a . . .'

'Aros!' gwaeddais. 'Gan bwyll, Mam-gu! Dw i newydd gael syniad cas!'

'Pa syniad cas?' meddai hi.

'Pan ges *i* fy nhroi yn llygoden gan y Gwneuthurwr Llygod,' meddwn i, 'ddes i ddim yn unrhyw lygoden gyffredin rwyt ti'n ei dal â thrap llygod. Des i'n berson-llygoden deallus sy'n siarad a meddwl na fyddai'n mynd yn *agos* at drap llygod!'

Safodd fy mam-gu'n stond. Roedd hi'n gwybod yn barod beth oedd yn dod nesaf.

'Felly,' meddwn i wedyn, 'os byddwn ni'n defnyddio'r Gwneuthurwr Llygod i droi'r Brif Uchel Wrach newydd a'r holl wrachod eraill yn y Castell yn llygod, fe fydd yr holl le'n berwi â gwrachod-llygod deallus iawn, cas iawn, peryglus iawn sy'n gallu siarad a meddwl! Fe fydden nhw i gyd yn wrachod mewn croen llygod. Ac fe allai hynny,' ychwanegais, 'fod yn ofnadwy iawn.'

'Arswyd y byd, rwyt ti'n iawn!' gwaeddodd hi. 'Feddyliais i ddim am hynny!'

'Allwn i byth herio llond castell o wrachod-llygod,' meddwn i.

'Na finnau chwaith,' meddai hi. 'Fe fyddai'n rhaid cael gwared arnyn nhw'n syth. Fe fyddai'n rhaid eu malu nhw a'u curo nhw a'u torri'n ddarnau mân yn union fel digwyddodd yn Hotel Magnificent.'

'Dw i ddim yn gwneud hynny,' meddwn i. 'Allwn i ddim beth bynnag. Dw i ddim yn meddwl y gallet ti chwaith, Mam-gu. A fyddai trapiau llygod ddim gwerth o gwbl. Gyda llaw,' ychwanegais, 'roedd y Brif Uchel Wrach a drodd fi'n llygoden yn anghywir am drapiau llygod, on'd oedd hi?'

'Oedd, oedd,' meddai fy mam-gu'n ddiamynedd. 'Ond dw i ddim yn poeni am y Brif Uchel Wrach *honno*. Mae hi wedi cael ei thorri'n ddarnau gan brif gogydd y gwesty ers tro. Y Brif Uchel Wrach *newydd* yw'r un mae'n rhaid i ni gael gwared arni nawr, yr un lan yn y Castell, a'i holl gynorthwywyr. Mae Prif Uchel Wrach yn ddigon gwael pan fydd hi wedi'i gwisgo fel menyw, ond meddylia beth allai hi ei wneud petai hi'n llygoden! Fe allai hi fynd i unrhyw le!'

'Mae e gen i!' gwaeddais, gan neidio ryw droedfedd i'r awyr. 'Mae'r ateb gen i!'

'Dwed wrtha i!' meddai fy mam-gu'n swta.

'CATHOD yw'r ateb!' gwaeddais. 'Cathod amdani!'

Syllodd fy mam-gu arnaf. Yna lledodd gwên fawr dros ei hwyneb a gwaeddodd, 'Mae e'n wych! Cwbl wych!'

'Rhowch hanner dwsin o gathod yn y Castell yna,' gwaeddais, 'ac fe fyddan nhw'n lladd pob llygoden yn y lle mewn pum munud, does dim ots gyda fi pa mor glyfar ydyn nhw!'

'Rwyt ti'n ddewin!' gwaeddodd fy mam-gu, gan ddechrau chwifio ei ffon unwaith eto.

'Gwylia'r ffiolau, Mam-gu!'

'I ddiawl â'r ffiolau!' gwaeddodd hi. 'Dw i wedi cyffroi cymaint fel nad oes gwahaniaeth gen i os torra i'r cyfan!'

'Dim ond un peth,' meddwn i. 'Mae'n rhaid i ti wneud yn hollol siŵr fy mod i'n ddigon pell i ffwrdd cyn i ti roi'r cathod i mewn.'

'Dw i'n addo,' meddai hi.

'A beth wnawn ni ar ôl i'r cathod ladd yr holl lygod?' gofynnais iddi.

'Fe af i â'r cathod i gyd 'nôl i'r pentref ac fe fydd y Castell gyda ti a fi i ni ein hunain.'

'Ac wedyn?' meddwn i.

'Wedyn fe awn ni drwy'r cofnodion a chael enwau a chyfeiriadau pob gwrach yn y byd mawr crwn!'

'Ac wedi hynny?' meddwn i, yn crynu gan gyffro.

'Wedi hynny, cariad, fe fydd y dasg fwyaf un yn dechrau i ti a mi! Fe fyddwn ni'n pacio ein bagiau ac yn mynd i deithio dros y byd i gyd! Ym mhob gwlad byddwn ni'n ymweld â hi, fe fyddwn ni'n chwilio am y tai lle mae'r gwrachod yn byw! Fe fyddwn ni'n dod o hyd i bob tŷ, fesul un, ac ar ôl dod o hyd iddo, fe fyddi di'n cropian i mewn ac yn gadael dy ddiferion bach o Wneuthurwr Llygod marwol yn y bara, neu'r creision ŷd, neu'r pwdin reis, neu ba bynnag fwyd rwyt ti'n ei weld o gwmpas. Fe fydd yn fuddugoliaeth, cariad! Buddugoliaeth anferth anorchfygol. Fe wnawn ni hyn ein hunain bach, dim ond ti a mi! Dyna fydd ein gwaith am weddill ein bywydau!'

Dyma fy mam-gu'n fy nghodi oddi ar y bwrdd ac yn fy nghusanu ar fy nhrwyn. 'O, bobol bach, rydyn ni'n mynd i fod yn brysur dros yr ychydig wythnosau a misoedd a blynyddoedd nesaf!' gwaeddodd.

'Dw i'n credu ein bod ni,' meddwn i. 'Dyna hwyl a chyffro gawn ni!'

'Yn wir!' gwaeddodd fy mam-gu, gan roi cusan arall i mi. 'Dw i'n ysu am ddechrau arni!'

COEDEN Y WRACH

Wrth ymyl Tŷ'r Sipsi, cartref Roald Dahl, roedd ffawydden enfawr. Coeden y Wrach oedd ei henw'n lleol. Ond roedd Roald yn gwybod y byddai'r goeden yn llawer mwy addas i lwynog nag i hen wrach gas. Felly dyma gartref 'Mr Cadno Campus', sy'n arbennig o glyfar a chyfrwys. Yn anffodus, digwyddodd trychineb yn 2004 pan gafodd y goeden 150 oed ei chwythu drosodd mewn storm.

Mwy Am
Y Gwrachod

MAM-GU

Cafodd y fam-gu ei seilio ar fam Roald Dahl, un o'r dylanwadau pwysicaf arno. Roedd hi'n wych am adrodd storïau ac roedd hi'n rhyfeddol am gofio manylion.

Ewch ar daith o gwmpas gwefan swyddogol iym-sgrym-flaswych Roald Dahl gyda'ch hoff gymeriadau yn

roalddahl.com

GOBLFFWNC

Roedd Roald Dahl yn dwlu ar chwarae o gwmpas â geiriau a chreu rhai newydd. Roedd yr CMM yn 'clwbran' mewn iaith wahanol iawn! Dyma rai o'r geiriau roedd e'n eu defnyddio:

CLWBRAN

Clwbran yw cael sgwrs fach braf â rhywun.

SGLEDFRIO

Symud yn gyflym iawn.

LLIFRGI

Person twp neu ffôl.

LOSIN CARAMEL

Losin sy'n llenwi tyllau yn eich dannedd.

FFROBSGOTL

Hoff ddiod yr CMM. Mae'n wyrdd golau ac yn byrlymu, ac mae'n gwneud iddo wib-bopio!

SMWRIEL

Rho fe yn y bin, sbwriel yw e.

PLANTLOS

Gair yr CMM am blant bach.

JIW-JIWBIAU MINTYS

Un o greadigaethau Mr Wonka yw'r losin yma sy'n gwneud i'ch dannedd droi'n wyrdd.

PWDRIG

Pan fydd rhywbeth yn dechrau pydru ac yn drewi.

DIFERION YR ENFYS

Losin gan Mr Wonka. Ar ôl eu sugno, byddwch chi'n gallu poeri mewn chwe lliw gwahanol.

IYM-SGRYM-FLASWYCH

Blasus a hyfryd.

BOCS FFLWCS TELI-TELI

Gair yr CMM am y teledu!

CLODDFA ROC

Roedd y gloddfa yma yn ffatri Mr Wonka.

ADRODDIADAU YSGOL
Roald Dahl

Yn 1929, pan oedd yn dair ar ddeg, cafodd Roald Dahl ei anfon i ysgol breswyl. Byddet ti'n disgwyl iddo gael marciau gwych yn Saesneg – ond doedd ei adroddiadau ysgol ddim yn dda!

TYMOR YR HAF, 1930 (14 oed).
Traethodau Saesneg.
"Nid wyf i erioed wedi cwrdd â bachgen sydd bob amser yn ysgrifennu'r gwrthwyneb i'r hyn mae'n ei feddwl. Mae fel petai'n methu crynhoi ei syniadau ar bapur."

Mae fy adroddiadau diwedd tymor o'r ysgol hon yn eithaf diddorol. Dyma bedwar ohonynt yn unig, wedi eu copïo air am air o'r rhai gwreiddiol:

TYMOR Y PASG, 1931 (15 oed). *Traethodau Saesneg.*
"Mae'n cymysgu popeth o hyd. Geirfa ddibwys, brawddegau heb eu cynllunio. Mae'n fy atgoffa o gamel."

TYMOR YR HAF, 1932 (16 oed). *Traethodau Saesneg.*
"Mae'r bachgen hwn yn aelod diog ac anllythrennog o'r dosbarth."

TYMOR YR HYDREF, 1932 (17 oed). *Traethodau Saesneg.*
"Yn gyson ddiog. Prin yw'r syniadau."

Dim syndod na feddyliais i am fod yn awdur y dyddiau hynny.

Mae rhagor am Roald Dahl yn yr ysgol yn y llyfr *Boy*.

Roald Dahl

Roedd Roald Dahl yn hoffi ysgrifennu cerddi yn ogystal â storïau. Roedd e'n aml yn eu llunio nhw yn y bath.

Mae ei gerddi wedi'u cynnwys yn *Dirty Beasts*, *Revolting Rhymes* a *Rhyme Stew*, ond weithiau byddai'n ysgrifennu barddoniaeth ar gyfer ei ddilynwyr hefyd. Dyma gyfieithiad o gerdd a anfonodd i un ysgol:

Doedd f'athro i ddim hanner mor garedig â'ch un chi.
Yr athro hanes, Mr Unsworth, pigai arnom ni.
Os na wyddet ddyddiad, yna yn dy glust fe gydiai,
A thithau'n teimlo'n ofnus iawn, fe droai ac fe droai
Dy glust yn gas a phoenus. Fe droai bron am awr,
A'th glust yn dod yn rhydd o'th ben a chwympo ar y llawr.
Roedd nifer mawr o fechgyn ag un glust yn fy hen ddosbarth,
Collasant glust am fethu gwybod dyddiad, dyna oedd gwarth.
Rhaid i ni felly ddiolch am athrawon hyfryd heddiw,
A'ch athro chi'n enwedig, sydd i'w weld yn hynod glodwiw.

Roedd pobl dros y byd i gyd yn ysgrifennu at Roald Dahl. Weithiau byddai'n cael cymaint â 4,000 o lythyrau yr wythnos.

QUENTIN BLAKE

"Arlunydd llyfrau plant gorau'r byd heddiw!" – Roald Dahl

Mae Roald Dahl a Quentin Blake yn bartneriaeth berffaith o eiriau a darluniau, ond pan ddechreuodd Roald ysgrifennu, roedd nifer o wahanol arlunwyr yn darlunio'i waith. Dechreuodd Quentin weithio gydag ef yn 1976 (*Y Crocodeil Enfawr*, a gyhoeddwyd yn 1978 oedd y llyfr cyntaf iddo ei ddarlunio) ac o hynny ymlaen buon nhw'n cydweithio hyd at farwolaeth Roald. Yn y pen draw darluniodd Quentin bob un o lyfrau Roald Dahl, ac eithrio *The Minpins*.

I ddechrau, roedd Quentin ychydig yn nerfus am weithio gydag awdur mor enwog, ond erbyn iddyn nhw ddod i gydweithio ar *Yr CMM*, roedden nhw wedi dod yn ffrindiau da. Fyddai Quentin yn gwybod dim am stori newydd nes y byddai'r llawysgrif yn cyrraedd. Weithiau byddai Roald yn dweud, 'Fe gei di hwyl gyda hon,' – dro arall, 'Fe gei di beth trafferth gyda hon.'

Byddai Quentin yn gwneud llawer o frasluniau ac yn mynd â nhw i Dŷ'r Sipsi, lle byddai'n eu dangos i Roald a gweld beth oedd ei farn. Roedd Roald yn hoffi cael llond y lle o ddarluniau yn ei lyfrau – yn y diwedd tynnodd Quentin ddwywaith cymaint o ddarluniau ar gyfer *Yr CMM* â'r bwriad gwreiddiol.

Hoff lyfr Quentin Blake gan Roald Dahl yw *Yr CMM*. Pan nad oedd yn hollol siŵr pa fath o esgidiau fyddai gan yr CMM, dyma Roald yn anfon un o'i hen sandalau at Quentin drwy'r post – a dyna'r llun a dynnodd!

Ganwyd Quentin Blake ar 16 Rhagfyr 1932. Cyhoeddwyd ei ddarlun cyntaf pan oedd yn 16 oed, ac mae wedi ysgrifennu a darlunio nifer o lyfrau ei hun, yn ogystal â darlunio rhai Roald Dahl. Bu hefyd yn dysgu yn y Coleg Celf Brenhinol am dros ugain mlynedd – mae'n athro coleg go iawn! Yn 1999 dewiswyd Quentin Blake yn Children's Laureate cyntaf. Yn 2005 cafodd y CBE am ei wasanaeth i lenyddiaeth plant.

Cewch wybod rhagor yn quentinblake.com

Roald Dahl

O Norwy roedd Harald, tad Roald Dahl, yn dod.
Pan oedd yn 14 oed cafodd ddamwain ofnadwy a bu'n
rhaid torri ei fraich chwith i ffwrdd – ond er iddo golli
un o'i ddwylo, roedd yn dal i allu clymu careiau ei
esgidiau. Pan oedd yn ddyn ifanc symudodd Harald
Dahl i Gaerdydd a dechrau busnes llwyddiannus iawn
fel brocer llongau.

Roedd Sofie, mam Roald, hefyd yn dod o Norwy.
Fe briododd hi â Harald yn 1911 ac fe gawson nhw
bump o blant: Astri, Alfhild, Roald, Else ac Asta.
Roald oedd yr unig fachgen mewn teulu o ferched.

O'R CHWITH I'R DDE: Asta, Else, Alfhild, Roald

Yn anffodus bu farw Astri o lid y pendics pan oedd hi'n
saith oed, a bu farw tad Roald o dorcalon ddau fis yn
ddiweddarach. Dim ond tair oed oedd Roald ar y pryd,
felly ni chafodd gyfle i ddod i adnabod ei dad.

Roedd gan Roald Dahl hanner brawd a hanner chwaer
a oedd dipyn yn hŷn nag ef, Louis ac Ellen, gan fod ei
dad wedi bod yn briod o'r blaen. Bydden nhw'n mynd
ar eu gwyliau gyda'i gilydd i Norwy bob haf: mam Roald
a'r chwe phlentyn.

Roedd Roald yn agos iawn at ei chwiorydd, yn enwedig
ei chwaer fawr, Alfhild neu Alf. Roedd ei chwaer ganol,
Else, yn casáu'r ysgol (fel Roald). Pan anfonodd ei mam
hi i ysgol breswyl yn y Swistir, bwytaodd Else ei
thocyn trên fel bod rhaid ei nôl a mynd â
hi adre. Ymunodd Asta, chwaer
ieuengaf Roald, â'r Llu Awyr yn ystod
yr Ail Ryfel Byd. Bu'n hedfan balwnau
amddiffyn (barrage balloons) ym
Mhrydain ac yn ddiweddarach cafodd
fedal gan Frenin Norwy.

Roedd gan Roald Dahl ei hun bump o blant: Olivia,
Tessa, Theo, Ophelia a Lucy. Yn drist iawn, bu farw
Olivia o'r frech goch pan oedd hi'n saith oed – yr un
oedran â'i chwaer fawr pan fu farw hithau.

MAE MWY I ROALD DAHL NA STORÏAU GWYCH . . .

A wyddet ti fod 10% o freindal awdur* y llyfr hwn yn mynd i helpu gwaith elusennau Roald Dahl?

Mae Roald Dahl yn enwog am ei straeon a'i gerddi, ond nid pawb sy'n gwybod ei fod yn rhoi cymorth i blant â salwch difrifol. Mae'r **RDMCC** yn parhau â'i waith gwych drwy helpu miloedd o blant ag anhwylderau gwaed a niwrolegol – achosion oedd yn agos at galon Dahl. Mae'r elusen yn darparu nyrsys a chyfarpar, yn rhoi cyfleoedd i blant Prydain gael hwyl, ac yn cefnogi gwaith ymchwil arloesol er lles plant ym mhobman. Os hoffet ti wneud rhywbeth gwych i helpu eraill edrycha ar **www.roalddahlcharity.org**

Gallwch ddod i wybod am brofiadau Roadl Dahl a sut y daethon nhw'n rhan o'i storïau drwy ymweld ag *Amgueddfa a Chanolfan Storïau Roald Dahl* yn Great Missenden, Swydd Buckingham – pentref lle roedd yr awdur yn byw. Mae'r Amgueddfa yn elusen sy'n amcanu i ysbrydoli cyffro at ddarllen, ysgrifennu a chreadigrwydd. Yno mae tair oriel hwyliog sy'n llawn ffeithiau difyr, gyda digonedd i'w wneud, i'w greu ac i'w weld (gan gynnwys sièd ysgrifennu Roald Dahl). Yn bennaf ar gyfer plant 6–12 oed, mae'r Amgueddfa ar agor drwy'r flwyddyn i'r cyhoedd ac i grwpiau ysgol.

Mae'r Roald Dahl's Marvellous Children's Charity yn elusen gofrestredig rhif: 1137409.

Mae Amgueddfa a Chanolfan Storïau Roald Dahl yn elusen gofrestredig, rhif 1085853.

Mae Ymddiriedolaeth Elusennol Roald Dahl, elusen sydd newydd gael ei sefydlu, yn cefnogi gwaith RDMCC ac Amgueddfa Roald Dahl.

roalddahlcharity.org
roalddahlmuseum.org

*Mae comisiwn wedi'i dynnu o'r breindal a roddir.

'Dw i'n credu mai caredigrwydd yw'r peth pwysicaf i mi mewn bod dynol. Mae'n bwysicach na phethau fel gwroldeb neu ddewrder neu haelioni neu unrhyw beth arall. Os ydych chi'n garedig, dyna ni.'

'Dw i'n gwbl argyhoeddedig fod y rhan fwyaf o oedolion wedi anghofio'n llwyr beth yw bod yn blentyn rhwng pump a deg oed . . . dw i'n gallu cofio'n union beth ydoedd. Dw i'n siŵr fy mod i.'

'Pan feddyliais gyntaf am ysgrifennu'r llyfr *Charlie a'r Ffatri Siocled*, yn wreiddiol doeddwn i ddim yn meddwl cael plant ynddo o gwbl!'

'Petawn i'n cael fy ffordd, byddwn yn tynnu mis Ionawr o'r calendr yn grwn, a chael mis Gorffennaf ychwanegol yn ei le.'

'Fe allwch chi ysgrifennu am unrhyw beth i blant ond bod hiwmor gyda chi.'

'Mae syniad am stori'n tueddu i hedfan i'm meddwl i ar unrhyw adeg o'r dydd, ac os nad ydw i'n ei nodi'n syth, yn y fan a'r lle, fe fydd wedi mynd am byth. Felly rhaid i mi ddod o hyd i bensil, ysgrifbin, creon, minlliw, unrhyw beth cyfleus, a sgriblan ychydig eiriau a fydd yn fy atgoffa o'r syniad. Yna, cyn gynted ag y daw'r cyfle, dw i'n mynd yn syth i'r cwt ac yn ysgrifennu'r syniad mewn hen lyfr ysgol coch.'

Fedri di ddyfalu o ba lyfr ddaeth y syniad hwn?

What about a chocolate factory
That makes fantastic and marvellous
Things — with a crazy man running it?

Charlie a'r Ffatri Siocled

Y rheswm pam dw i'n casglu syniadau da yw ei bod hi wir yn anodd iawn dod o hyd i blot ar gyfer stori. Maen nhw'n mynd yn brinnach ac yn brinnach bob mis. Rhaid i unrhyw stori dda ddechrau gyda phlot cryf sy'n cadw'r diddordeb tan y diwedd. Fy mhrif ofid wrth ysgrifennu stori yw'r ofn dychrynllyd fy mod yn diflasu'r darllenydd. Felly, wrth i mi ysgrifennu fy storïau dw i o hyd yn ceisio creu sefyllfaoedd a fydd yn gwneud i'r darllenydd:

1. Chwerthin llond bol o chwerthin

2. Gwingo

3. Rhyfeddu

4. Mynd yn NERFUS a CHYFFROUS a dweud, "Darllen! Dal ati i ddarllen! Paid stopio!"

Ym mhob llyfr da, mae yna gymysgedd o bobl hynod gas – sydd bob amser yn hwyl – a rhai pobl neis. A rhaid cael rhywun i'w gasáu ym mhob stori. Po fwyaf ffiaidd a brwnt yw'r person, mwyaf o hwyl sydd yna wrth ei wylio'n cael ei lorio.

Roald Dahl

Roedd gan Roald Dahl drefn gaeth iawn i'r ddiwrnod. Byddai'n bwyta ei frecwast yn y gwely ac yn agor ei lythyrau. Am 10.30 y bore, byddai'n cerdded drwy'r ardd i'w gwt ysgrifennu ac yn gweithio tan hanner dydd. Yna, byddai'n mynd i'r tŷ i gael cinio – fel arfer gin a thonic ac yna corgimwch o Norwy gyda mayonnaise a letys. Ar ddiwedd pob pryd, byddai Roald a'i deulu'n cael barryn o siocled o flwch plastig coch.

Ar ôl cael cyntun, byddai'n mynd â fflasg o de 'nôl i'r cwt ysgrifennu ac yn gweithio o 4 o'r gloch y prynhawn tan 6. Byddai'n ôl yn y tŷ am chwech o'r gloch yn union, yn barod i gael ei swper.

Mewn pensil yr ysgrifennai bob amser a dim ond math arbennig iawn o bensil melyn â rwber ar ei ben y byddai'n ei ddefnyddio. Cyn dechrau ysgrifennu, byddai Roald yn gwneud yn siŵr fod ganddo chwe phensil a min arnyn nhw mewn jar wrth ei ymyl. Roedden nhw'n para dwy awr cyn bod angen rhoi min arnyn nhw wedyn.

Roedd Roald yn ffyslyd iawn pa fath o bapur a ddefnyddiai hefyd. Ysgrifennodd bob un o'i lyfrau mewn llyfrau nodiadau melyn o America, a fyddai'n cael eu hanfon ato o Efrog Newydd. Byddai'n ysgrifennu ac ailysgrifennu nes ei fod yn siŵr fod pob gair yn iawn. Roedd yn taflu llawer o bapur melyn. Unwaith y mis, pan fyddai ei fin sbwriel mawr yn llawn dop, gwnâi danllwyth o dân yn union y tu allan i'r cwt ysgrifennu (lle gwelwyd llinell o barddu du ar un o'r waliau gwyn cyn hir).

Ar ôl i Roald orffen ysgrifennu llyfr, byddai'n rhoi'r pentwr o bapur melyn yn llawn ysgrifen fel traed brain i Wendy, ei ysgrifenyddes, a byddai hithau'n ei droi'n deipysgrif daclus i'w hanfon at ei gyhoeddwr.